FABLES

CHOISIES.

TOME QUATRIEME.

FABLES

CHOISIES,

MISES EN VERS

PAR J. DE LA FONTAINE.

TOME QUATRIEME.

A PARIS,

Chez { DESAINT & SAILLANT, rue Saint Jean de Beauvais.
       DURAND, rue du Foin, en entrant par la rue S. Jacques.

M. DCC. LIX.

De l'Imprimerie de CHARLES-ANTOINE JOMBERT.

TABLE

DES FABLES

CONTENUES DANS LE QUATRIEME ET DERNIER VOLUME.

___

FABLES

LES DEUX RATS, LE RENARD ET L OEUF. Fable c.XXXIX.

FABLES CHOISIES.
LIVRE DIXIEME.

FABLE I.

LES DEUX RATS, LE RENARD ET L'ŒUF.

DISCOURS A MADAME DE LA SABLIERE.

Iris, je vous loûrois, il n'eſt que trop aiſé :
Mais vous avez cent fois notre encens refuſé ;
En cela peu ſemblable au reſte des mortelles,
Qui veulent tous les jours des louanges nouvelles.
Pas une ne s'endort à ce bruit ſi flatteur.
Je ne les blâme point, je ſouffre cette humeur ;
Elle eſt commune aux dieux, aux monarques, aux belles.
Ce breuvage vanté par le peuple rimeur,
Le nectar que l'on ſert au maître du tonnerre,
Et dont nous enivrons tous les dieux de la terre,
C'eſt la louange, Iris : vous ne la goûtez point.
D'autres propos chez vous récompenſent ce point ;
    Propos, agréables commerces,
Où le haſard fournit cent matieres diverſes :
    Juſques-là qu'en votre entretien
La bagatelle a part : le monde n'en croit rien.
    Laiſſons le monde & ſa croyance.
    La bagatelle, la ſcience,
Les chimeres, le rien, tout eſt bon : je ſoutiens
    Qu'il faut de tout aux entretiens :
    C'eſt un parterre, où Flore épand ſes biens :
Sur différentes fleurs l'Abeille s'y repoſe,
    Et fait du miel de toute choſe.
Ce fondement poſé, ne trouvez pas mauvais

Tome IV.   A

Qu'en ces Fables auffi j'entremêle des traits
    De certaine philofophie
    Subtile, engageante & hardie.
On l'appelle nouvelle. En avez-vous ou non
    Oüi parler? Ils difent donc
    Que la bête eft une machine;
Qu'en elle tout fe fait fans choix & par refforts:
Nul fentiment, point d'ame, en elle tout eft corps.
    Telle eft la montre qui chemine,
A pas toujours égaux, aveugle & fans deffein.
    Ouvrez-là, lifez dans fon fein:
Mainte roue y tient lieu de tout l'efprit du monde.
    La premiere y meut la feconde,
Une troifieme fuit, elle fonne à la fin.
Au dire de ces gens, la bête eft toute telle:
    L'objet la frappe en un endroit:
    Ce lieu frappé s'en va tout droit,
Selon nous, au voifin en porter la nouvelle:
Le fens de proche en proche auffi-tôt la reçoit.
L'impreffion fe fait, mais comment fe fait-elle?
    Selon eux, par néceffité,
    Sans paffion, fans volonté.
    L'animal fe fent agité
De mouvemens que le vulgaire appelle
Trifteffe, joie, amour, plaifir, douleur cruelle,
    Ou quelqu'autre de ces états:
Mais ce n'eft point cela; ne vous y trompez pas.
Qu'eft-ce donc? une montre. Et nous? c'eft autre chofe.
Voici de la façon que Defcartes l'expofe,
Defcartes, ce mortel dont on eût fait un dieu
    Chez les payens, & qui tient le milieu
Entre l'homme & l'efprit, comme entre l'huître & l'homme
Le tient tel de nos gens, franche bête de fomme.
Voici, dis-je, comment raifonne cet auteur.
Sur tous les animaux, enfans du Créateur,

J'ai le don de penfer, & je fçais que je penfe.
Or vous fçavez, Iris, de certaine fçience,
 Que quand la bête penferoit,
 La bête ne réfléchiroit
 Sur l'objet, ni fur fa penfée.
Defcartes va plus loin, & foutient nettement,
 Qu'elle ne penfe nullement.
 Vous n'êtes point embarraffée
De le croire; ni moi. Cependant quand aux bois
 Le bruit des cors, celui des voix
N'a donné nul relâche à la fuyante proie,
 Qu'en vain elle a mis fes efforts
 A confondre & brouiller la voie;
L'animal chargé d'ans, vieux cerf, & de dix cors,
En fuppofe un plus jeune, & l'oblige par force,
A préfenter aux chiens une nouvelle amorce.
Que de raifonnemens pour conferver fes jours!
Le retour fur fes pas, les malices, les tours,
 Et le change, & cent ftratagêmes
Dignes des plus grands chefs, dignes d'un meilleur fort!
 On le déchire après fa mort;
 Ce font tous fes honneurs fuprêmes.

  Quand la perdrix
  Voit fes petits
En danger, & n'ayant qu'une plume nouvelle,
Qui ne peut fuir encor par les airs le trépas,
Elle fait la bleffée, & va traînant de l'aîle,
Attirant le chaffeur, & le chien fur fes pas,
Détourne le danger, fauve ainfi fa famille;
Et puis quand le chaffeur croit que fon chien la pille,
Elle lui dit adieu, prend fa volée, & rit
De l'homme, qui confus, des yeux en vain la fuit.

  Non loin du nord il eft un monde,

Où l'on fçait que les habitans
Vivent, ainfi qu'aux premiers temps,
Dans une ignorance profonde:
Je parle des humains : car quant aux animaux,
Ils y conftruifent des travaux,
Qui des torrens groffis arrêtent le ravage,
Et font communiquer l'un & l'autre rivage.
L'édifice réfifte, & dure en fon entier;
Après un lit de bois, eft un lit de mortier:
Chaque caftor agit: commune en eft la tâche:
Le vieux y fait marcher le jeune fans relâche.
Maint maître d'œuvre y court, & tient haut le bâton.
        La république de Platon
        Ne feroit rien que l'apprentie
        De cette famille amphibie.
Ils fçavent en hyver élever leurs maifons,
        Paffent les étangs fur des ponts,
        Fruit de leur art, fçavant ouvrage;
        Et nos pareils ont beau le voir,
        Jufqu'à préfent tout leur fçavoir
        Eft de paffer l'onde à la nage.

Que ces caftors ne foient qu'un corps vuide d'efprit,
Jamais on ne pourra m'obliger à le croire.
Mais voici beaucoup plus : écoutez ce récit,
        Que je tiens d'un roi plein de gloire.
Le défenfeur du nord vous fera mon garant:
Je vais citer un prince aimé de la victoire:
Son nom feul eft un mur à l'empire Ottoman:
C'eft le roi Polonois, jamais un roi ne ment,
        Il dit donc que fur fa frontiére
Des animaux entr'eux ont guerre de tout temps:
Le fang qui fe tranfmet des peres aux enfans,
        En renouvelle la matiere.
Ces animaux, dit-il, font germains du renard.

Jamais la guerre avec tant d'art
Ne s'eft faite parmi les hommes,
Non pas même au fiécle où nous fommes.
Corps de garde avancé, vedettes, efpions,
Embufcades, partis, & mille inventions
D'une pernicieufe & maudite fcience,
Fille du ftyx & mere des héros,
Exercent de ces animaux
Le bon fens & l'expérience.
Pour chanter leurs combats, l'Acheron nous devroit
Rendre Homere. Ah, s'il le rendoit,
Et qu'il rendît auffi le rival d'Épicure!
Que diroit ce dernier fur ces exemples-ci?
Ce que j'ai déja dit, qu'aux bêtes la nature
Peut par les feuls refforts opérer tout ceci;
Que la mémoire eft corporelle;
Et que, pour en venir aux exemples divers
Que j'ai mis au jour dans ces vers,
L'animal n'a befoin que d'elle.
L'objet, lorfqu'il revient, va dans fon magafin
Chercher par le même chemin
L'image auparavant tracée,
Qui fur les mêmes pas revient pareillement,
Sans le fecours de la penfée,
Caufer un même événement.
Nous agiffons tout autrement.
La volonté nous détermine,
Non l'objet, ni l'inftinct. Je parle, je chemine:
Je fens en moi certain agent:
Tout obéit dans ma machine
A ce principe intelligent.
Il eft diftinct du corps, fe conçoit nettement,
Se conçoit mieux que le corps même;
De tous nos mouvemens c'eft l'arbitre fuprême.
Mais comment le corps l'entend-il?

Tome IV. B

C'eſt-là le point : je vois l'outil
Obéir à la main : mais la main, qui la guide ?
Eh ! qui guide les cieux, & leur courſe rapide ?
Quelque ange eſt attaché peut-être à ces grands corps.
Un eſprit vit en nous, & meut tous nos reſſorts :
L'impreſſion ſe fait ; le moyen, je l'ignore.
On ne l'apprend qu'au ſein de la Divinité ;
Et s'il faut en parler avec ſincérité,
   Deſcartes l'ignoroit encore.
Nous & lui, là-deſſus, nous ſommes tous égaux.
Ce que je ſçais, Iris, c'eſt qu'en ces animaux
   Dont je viens de citer l'exemple,
Cet eſprit n'agit pas, l'homme ſeul eſt ſon temple.
Auſſi faut-il donner à l'animal un point
   Que la plante après tout n'a point.
   Cependant la plante reſpire :
Mais que répondra-t-on à ce que je vais dire ?

Deux rats cherchoient leur vie, ils trouverent un œuf.
Le dîné ſuffiſoit à gens de cette eſpéce :
Il n'étoit pas beſoin qu'ils trouvaſſent un bœuf.
   Pleins d'appétit & d'alégreſſe,
Ils alloient de leur œuf manger chacun ſa part,
Quand un quidam parut. C'étoit maître renard :
   Rencontre incommode & fâcheuſe.
Car comment ſauver l'œuf ? le bien empaqueter,
Puis des pieds de devant enſemble le porter,
   Ou le rouler, ou le traîner,
C'étoit choſe impoſſible autant que hazardeuſe.
   Néceſſité, l'ingénieuſe,
   Leur fournit une invention.
Comme ils pouvoient gagner leur habitation,
L'écornifleur étant à demi-quart de lieue,
L'un ſe mit ſur le dos, prit l'œuf entre ſes bras,
Puis, malgré quelques heurts & quelques mauvais pas,

L'autre le traîna par la queue.
Qu'on m'aille foûtenir, après un tel récit,
 Que les bêtes n'ont point d'efprit.

  Pour moi, fi j'en étois le maître,
Je leur en donnerois auffi-bien qu'aux enfans.
Ceux-ci penfent-ils pas dès leurs plus jeunes ans?
Quelqu'un peut donc penfer, ne fe pouvant connoître.
  Par un exemple tout égal,
  J'attribuerois à l'animal,
Non point une raifon, felon notre maniere,
Mais beaucoup plus auffi qu'un aveugle reffort.
Je fubtiliferois un morceau de matiere,
Que l'on ne pourroit plus concevoir fans effort,
Quinteffence d'atome, extrait de la lumiere,
Je ne fçais quoi plus vif, & plus mobile encor
Que le feu : car enfin, fi le bois fait la flamme,
La flamme, en s'épurant, peut-elle pas de l'ame
Nous donner quelque idée, & fort-il pas de l'or
Des entrailles du plomb ? je rendrois mon ouvrage
Capable de fentir, juger, rien davantage,
  Et juger imparfaitement,
Sans qu'un finge jamais fît le moindre argument.
  A l'égard de nous autres hommes,
Je ferois notre lot infiniment plus fort :
  Nous aurions un double tréfor :
L'un, cette ame pareille en tous tant que nous fommes,
  Sages, fous, enfans, idiots,
Hôtes de l'univers, fous le nom d'animaux :
L'autre, encore une autre ame, entre nous & les anges
  Commune en un certain degré;
  Et ce tréfor à part créé,
Suivroit parmi les airs les céleftes phalanges,
Entreroit dans un point fans en être preffé,
Ne finiroit jamais quoiqu'ayant commencé:

Chofes réelles quoiqu'étranges.
Tant que l'enfance dureroit,
Cette fille du ciel en nous ne paroîtroit
Qu'une tendre & foible lumiere:
L'organe étant plus fort, la raifon perceroit
Les ténébres de la matiere,
Qui toujours envelopperoit
L'autre ame imparfaite & groffiere.

(*Fable* CLXXXIX.)

FABLE II.

L'HOMME

ET

LA COULEUVRE.

FABLE II.

L'Homme et la Couleuvre.

Un Homme vit une Couleuvre :
Ah ! méchante, dit-il, je m'en vais faire une œuvre
    Agréable à tout l'univers.
    A ces mots, l'animal pervers
    (C'est le Serpent que je veux dire,
Et non l'Homme, on pourroit aisément s'y tromper)
A ces mots, le Serpent se laissant attraper,
Est pris, mis en un sac, & ce qui fut le pire,
On résolut sa mort, fût-il coupable ou non.
Afin de le payer toutefois de raison,
    L'autre lui fit cette harangue.
Symbole des ingrats, être bon aux méchans,
C'est être sot ; meurs donc : ta colere & tes dents
Ne me nuiront jamais. Le Serpent, en sa langue,
Reprit du mieux qu'il put : s'il falloit condamner
    Tous les ingrats qui sont au monde,
    A qui pourroit-on pardonner ?
Toi-même, tu te fais ton procès. Je me fonde
Sur tes propres leçons : jette les yeux sur toi.
Mes jours sont en tes mains, tranche-les : ta justice,
C'est ton utilité, ton plaisir, ton caprice :
    Selon ces loix condamne-moi :
    Mais trouve bon qu'avec franchise
    En mourant au moins je te dise,
    Que le symbole des ingrats
Ce n'est point le Serpent, c'est l'Homme. Ces paroles
Firent arrêter l'autre : il recula d'un pas.
Enfin il repartit : tes raisons sont frivoles :
Je pourrois décider, car ce droit m'appartient :
Mais rapportons-nous-en. Soit fait, dit le Reptile.

L'HOMME ET LA COULEUVRE. Fable CXC.

J.B.Oudry inv. B.B. B.L.Prevost sculp.

Une Vache étoit là, l'on l'appelle, elle vient,
Le cas est proposé, c'étoit chose facile.
Falloit-il pour cela, dit-elle, m'appeller?
La Couleuvre a raison, pourquoi dissimuler?
Je nourris celui-ci depuis longues années:
Il n'a, sans mes bienfaits, passé nulles journées:
Tout n'est que pour lui seul: mon lait & mes enfans
Le font à la maison revenir les mains pleines:
Même j'ai rétabli sa santé que les ans
     Avoient altérée; & mes peines
Ont pour but son plaisir ainsi que son besoin.
Enfin me voilà vieille; il me laisse en un coin
Sans herbe: s'il vouloit encor me laisser paître!
Mais je suis attachée; & si j'eusse eu pour maître
Un Serpent, eût-il sçu jamais pousser si loin
L'ingratitude? adieu. J'ai dit ce que je pense.
L'Homme tout étonné d'une telle sentence,
Dit au Serpent: faut-il croire ce qu'elle dit?
C'est une radoteuse, elle a perdu l'esprit.
Croyons ce Bœuf. Croyons, dit la rampante bête.
Ainsi dit, ainsi fait. Le Bœuf vient à pas lents:
Quand il eut ruminé tout le cas en sa tête,
     Il dit que du labeur des ans
Pour nous seuls il portoit les soins les plus pesans,
Parcourant, sans cesser, ce long cercle de peines
Qui, revenant sur soi, ramenoit dans nos plaines
Ce que Cérès nous donne, & vend aux animaux:
     Que cette suite de travaux
Pour récompense avoit, de tous tant que nous sommes,
Force coups, peu de gré: puis quand il étoit vieux,
On croyoit l'honorer chaque fois que les hommes
Achetoient de son sang l'indulgence des dieux.
Ainsi parla le Bœuf. L'Homme dit: faisons taire
     Cet ennuyeux déclamateur.
Il cherche de grands mots, & vient ici se faire,

Au lieu d'arbitre, accuſateur.
Je le recuſe auſſi. L'Arbre étant pris pour juge,
Ce fut bien pis encor. Il ſervoit de refuge,
Contre le chaud, la pluie, & la fureur des vents:
Pour nous ſeuls il ornoit les jardins & les champs.
L'ombrage n'étoit pas le ſeul bien qu'il ſçût faire:
Il courboit ſous les fruits: cependant pour ſalaire
Un ruſtre l'abattoit, c'étoit-là ſon loyer,
Quoique, pendant tout l'an, libéral il nous donne
Ou des fleurs au printemps, ou du fruit en automne;
L'ombre, l'été; l'hyver, les plaiſirs du foyer.
Que ne l'émondoit-on ſans prendre la coïgnée?
De ſon tempérament il eût encore vécu.
L'Homme trouvant mauvais que l'on l'eût convaincu,
Voulut à toute force avoir cauſe gagnée.
Je ſuis bien bon, dit-il, d'écouter ces gens-là.
Du ſac & du Serpent auſſi-tôt il donna
  Contre les murs, tant qu'il tua la bête.

  On en uſe ainſi chez les grands.
La raiſon les offenſe: ils ſe mettent en tête
Que tout eſt né pour eux, quadrupédes & gens,
    Et Serpens.
  Si quelqu'un deſſerre les dents,
C'eſt un ſot. J'en conviens. Mais que faut-il donc faire?
  Parler de loin; ou bien ſe taire.

(Fable cxc.)

LA TORTUE ET LES DEUX CANARDS. Fable CXII.

J.B. Oudry inv. B.R.

Chedel sculp.

FABLE III.

LA TORTUE ET LES DEUX CANARDS.

Une Tortue étoit, à la tête légere,
Qui laſſe de ſon trou voulut voir le pays.
Volontiers on fait cas d'une terre étrangere :
Volontiers gens boiteux haïſſent le logis.
     Deux Canards à qui la commere
     Communiqua ce beau deſſein,
Lui dirent qu'ils avoient de quoi la ſatisfaire :
     Voyez-vous ce large chemin ?
Nous vous voiturerons par l'air en Amérique.
     Vous verrez mainte république,
Maint royaume, maint peuple ; & vous profiterez
Des différentes mœurs que vous remarquerez.
Ulyſſe en fit autant. On ne s'attendoit guère
     De voir Ulyſſe en cette affaire.
La Tortue écouta la propoſition.
Marché fait, les oiſeaux forgent une machine,
     Pour tranſporter la pélerine.
Dans la gueule en travers on lui paſſe un bâton :
Serrez bien, dirent-ils : gardez de lâcher priſe :
Puis chaque Canard prend ce bâton par un bout.
La Tortue enlevée, on s'étonne partout
     De voir aller, en cette guiſe,
     L'animal lent & ſa maiſon,
Juſtement au milieu de l'un & l'autre Oiſon.
Miracle, crioit-on : venez voir dans les nues
     Paſſer la reine des Tortues.
La reine ! vraiment oui ; je la ſuis en effet :
Ne vous en moquez point. Elle eût beaucoup mieux fait
De paſſer ſon chemin ſans dire aucune choſe ;
Car lâchant le bâton en deſſerrant les dents,

Tome IV.   D

Elle tombe, elle créve aux pieds des regardans.
Son indifcrétion de fa perte fut caufe.

Imprudence, babil, & fotte vanité,
      Et vaine curiofité,
    Ont enfemble étroit parentage:
    Ce font enfans tous d'un lignage.

(*Fable cxci.*)

LES POISSONS ET LE CORMORAN. Fable CXCII.

J.B. Oudry inv.

Chedel sculp.

FABLE IV.

Les Poissons et le Cormoran.

Il n'étoit point d'étang dans tout le voifinage
Qu'un Cormoran n'eût mis à contribution.
Viviers & réfervoirs lui payoient penfion :
Sa cuifine alloit bien : mais lorfque le long âge
    Eut glacé le pauvre animal,
    La même cuifine alla mal.
Tout Cormoran fe fert de pourvoyeur lui-même.
Le nôtre un peu trop vieux pour voir au fond des eaux,
    N'ayant ni filets, ni réfeaux,
    Souffroit une difette extrême.
Que fit-il ? le befoin, docteur en ftratagême,
Lui fournit celui-ci. Sur le bord d'un étang
    Cormoran vit une écreviffe.
Ma commere, dit-il, allez tout à l'inftant
    Porter un avis important
    A ce peuple ; il faut qu'il périffe :
Le maître de ce lieu dans huit jours pêchera.
    L'Écreviffe en hâte s'en va
    Conter le cas : grande eft l'émûte.
    On court, on s'affemble, on députe
    A l'Oifeau. Seigneur Cormoran,
D'où vous vient cet avis ? quel eft votre garant ?
    Êtes-vous fûr de cette affaire ?
N'y fçavez-vous remede ? & qu'eft-il bon de faire ?
Changer de lieu, dit-il. Comment le ferons-nous ?
N'en foyez point en foin : je vous porterai tous
    L'un après l'autre en ma retraite.
Nul, que Dieu feul & moi, n'en connoît les chemins :
    Il n'eft demeure plus fecrette.
Un vivier que nature y creufa de fes mains,

Inconnu des traîtres humains,
Sauvera votre république.
On le crut. Le peuple aquatique,
L'un après l'autre, fut porté
Sous ce rocher peu fréquenté.
Là, Cormoran le bon apôtre,
Les ayant mis en un endroit
Tranſparent, peu creux, fort étroit,
Vous les prenoit ſans peine, un jour l'un, un jour l'autre.
Il leur apprit à leurs dépens,
Que l'on ne doit jamais avoir de confiance
En ceux qui ſont mangeurs de gens.
Ils y perdirent peu; puiſque l'humaine engeance
En auroit auſſi-bien croqué ſa bonne part.
Qu'importe qui vous mange? homme ou loup, toute panſe
Me paroît une à cet égard:
Un jour pluſtôt, un jour plus tard,
Ce n'eſt pas grande différence.

(*Fable cxcii.*)

L'ENFOUISSEUR ET SON COMPERE. Fabl. CXCIII.

FABLE V.

L'ENFOUISSEUR ET SON COMPÈRE.

Un pince-maille avoit tant amaſſé,
    Qu'il ne ſçavoit où loger ſa finance.
L'avarice, compagne & ſœur de l'ignorance,
    Le rendoit fort embarraſſé
    Dans le choix d'un dépoſitaire :
Car il en vouloit un ; & voici ſa raiſon.
L'objet tente : il faudra que ce monceau s'altére,
    Si je le laiſſe à la maiſon :
Moi-même, de mon bien je ferai le larron.
Le larron ? quoi joüir, c'eſt ſe voler ſoi-même !
Mon ami, j'ai pitié de ton erreur extrême.
    Apprens de moi cette leçon :
Le bien, n'eſt bien qu'en tant que l'on s'en peut défaire.
Sans cela, c'eſt un mal. Veux-tu le réſerver
Pour un âge & des temps qui n'en ont plus que faire ?
La peine d'acquérir, le ſoin de conſerver,
Otent le prix à l'or qu'on croit ſi néceſſaire.
    Pour ſe décharger d'un tel ſoin,
Notre homme eût pu trouver des gens ſûrs au beſoin.
Il aima mieux la terre, & prenant ſon Compere,
Celui-ci l'aide ; ils vont enfoüir le tréſor.
Au bout de quelque temps l'homme va voir ſon or :
    Il ne retrouva que le gîte.
Soupçonnant à bon droit le Compere, il va vîte
Lui dire : apprêtez-vous ; car il me reſte encor
Quelques deniers : je veux les joindre à l'autre maſſe.
Le Compere auſſi-tôt va remettre en ſa place
    L'argent volé, prétendant bien
Tout reprendre à la fois, ſans qu'il y manquât rien.
    Mais pour ce coup l'autre fut ſage :

Tome IV.   E

Il retint tout chez lui, réſolu de jouïr,
   Plus n'entaſſer, plus n'enfouïr;
Et le pauvre voleur ne trouvant plus ſon gage,
   Penſa tomber de ſa hauteur.

Il n'eſt pas mal aiſé de tromper un trompeur.

(*Fable CXCIII.*)

LE LOUP ET LES BERGERS.   Fable CXCIV.

FABLE VI.

LE LOUP ET LES BERGERS.

Un Loup rempli d'humanité,
(S'il en eſt de tels dans le monde)
Fit un jour ſur ſa cruauté,
Quoiqu'il ne l'exerçât que par néceſſité,
Une réflexion profonde.
Je ſuis haï, dit-il, & de qui? de chacun.
Le Loup eſt l'ennemi commun:
Chiens, chaſſeurs, villageois s'aſſemblent pour ſa perte.
Jupiter eſt là-haut étourdi de leurs cris:
C'eſt par-là que de Loups l'Angleterre eſt déſerte:
On y mit notre tête à prix.
Il n'eſt hobereau qui ne faſſe
Contre nous tels bans publier:
Il n'eſt marmot oſant crier,
Que du Loup auſſi-tôt ſa mere ne menace.
Le tout pour un âne rogneux,
Pour un mouton pourri, pour quelque chien hargneux
Dont j'aurai paſſé mon envie.
Et bien, ne mangeons plus de choſe ayant eu vie,
Paiſſons l'herbe, broutons, mourons de faim pluſtôt.
Eſt-ce une choſe ſi cruelle?
Vaut-il mieux s'attirer la haine univerſelle?
Diſant ces mots, il vit des Bergers, pour leur rôt,
Mangeans un agneau cuit en broche.
Oh! oh! dit-il, je me reproche
Le ſang de cette gent: voilà ſes gardiens
S'en repaiſſans, eux & leurs chiens;
Et moi Loup, j'en ferai ſcrupule?
Non, par tous les Dieux, non: je ferois ridicule.
Thibaut l'agnelet paſſera,

Sans qu'à la broche je le mette;
Et non-feulement lui, mais la mere qu'il tette,
Et le pere qui l'engendra.
Le Loup avoit raifon. Eft-il dit qu'on nous voie
Faire feftin de toute proie,
Manger les animaux; & nous les réduirons
Aux mets de l'âge d'or, autant que nous pourrons?
Ils n'auront ni croc, ni marmite?
Bergers, Bergers, le Loup n'a tort
Que quand il n'eft pas le plus fort:
Voulez-vous qu'il vive en hermite?

(*Fable CXCIV.*)

FABLE VII.

L'ARAIGNÉE

ET

L'HIRONDELLE.

FABLE VII.

L'ARAIGNÉE ET L'HIRONDELLE.

O Jupiter, qui fçus de ton cerveau,
Par un fecret d'accouchement nouveau,
Tirer Pallas, jadis mon ennemie,
Entens ma plainte une fois en ta vie.
Progné me vient enlever les morceaux:
Caracolant, frifant l'air & les eaux,
Elle me prend mes mouches à ma porte:
Miennes je puis les dire; & mon rézeau
En feroit plein fans ce maudit oifeau:
Je l'ai tiffu de matière affez forte.
    Ainfi, d'un difcours infolent,
Se plaignoit l'Araignée autrefois tapiffiére,
    Et qui lors étant filandiére,
Prétendoit enlacer tout infecte volant.
La Sœur de Philomele, attentive à fa proie,
Malgré le beftion happoit mouches dans l'air,
Pour fes petits, pour elle, impitoyable joie,
Que fes enfans gloutons, d'un bec toujours ouvert,
D'un ton demi-formé, bégayante couvée,
Demandoient par des cris encor mal entendus.
    La pauvre Aragne n'ayant plus
Que la tête & les pieds, artifans fuperflus,
    Se vit elle-même enlevée.
L'Hirondelle en paffant emporta toile & tout,
    Et l'animal pendant au bout.

Jupin pour chaque état mit deux tables au monde.
L'adroit, le vigilant, & le fort font affis
    A la premiere; & les petits
    Mangent leur refte à la feconde.

                (*Fable* CXCV.)

L'ARAIGNÉE ET L'HIRONDELLE. Fable CXCV.

J.B. Oudry inv.   L. Care sculp.

FABLE VIII.
LA PERDRIX
ET
LES COQS.

FABLE VIII.

LA PERDRIX ET LES COQS.

Parmi de certains Coqs incivils, peu galans,
　　　　Toujours en noife & turbulens,
　　　　Une Perdrix étoit nourrie.
　　　　Son fexe & l'hofpitalité,
De la part de ces Coqs, peuple à l'amour porté,
Lui faifoient efpérer beaucoup d'honnêteté :
Ils feroient les honneurs de la ménagerie.
Ce peuple cependant fort fouvent en furie,
Pour la dame étrangere ayant peu de refpect,
Lui donnoit fort fouvent d'horribles coups de bec.
　　　　D'abord elle en fut affligée :
Mais fi-tôt qu'elle eut vû cette troupe enragée
S'entrebattre elle-même, & fe percer les flancs,
Elle fe confola. Ce font leurs mœurs, dit-elle :
Ne les accufons point : plaignons pluftôt ces gens.
　　　　Jupiter fur un feul modelle
　　　　N'a pas formé tous les efprits.
Il eft des naturels de Coqs & de Perdrix.
S'il dépendoit de moi, je pafferois ma vie
　　　　En plus honnête compagnie.
Le maître de ces lieux en ordonne autrement.
　　　　Il nous prend avec des tonnelles,
Nous loge avec des Coqs, & nous coupe les aîles :
C'eft de l'homme qu'il faut fe plaindre feulement.

(Fable CXCVI. *)*

LA PERDRIX ET LES COQS. Fable CXCVI.

LA PERDRIX Fable CLXXXIX.
Dessiné a M.e de la Sablière. 1.e Planche.

J.B. Oudry inv.

Laur. Care sculp.

FABLE IX.

LE CHIEN

À QUI ON A COUPÉ

LES OREILLES.

FABLE IX.

LE CHIEN A QUI ON A COUPÉ LES OREILLES.

Qu'ai-je fait pour me voir ainfi
Mutilé par mon propre maître ?
Le bel état où me voici !
Devant les autres Chiens oferai-je paroître ?
O rois des animaux, ou pluftôt leurs tyrans !
Qui vous feroit chofes pareilles ?
Ainfi crioit Moufflar jeune dogue ; & les gens
Peu touchés de fes cris douloureux & perçans,
Venoient de lui couper fans pitié les oreilles.
Moufflar y croyoit perdre. Il vit avec le temps
Qu'il y gagnoit beaucoup : car étant de nature
A piller fes pareils, mainte méfaventure
L'auroit fait retourner chez lui
Avec cette partie en cent lieux altérée :
Chien hargneux a toujours l'oreille déchirée.

Le moins qu'on peut laiffer de prife aux dents d'autrui
C'eft le mieux. Quand on n'a qu'un endroit à défendre,
On le munit de peur d'efclandre :
Témoin maître Moufflar armé d'un gorgerin,
Du refte ayant d'oreille autant que fur ma main :
Un loup n'eût fçû par où le prendre.

(*Fable* CXCVII.)

LE CHIEN A QUI ON A COUPÉ LES OREILLES. Fable CXCVII.

J.B. Oudry inv.   Chedel sculp.

FABLE X.
LE BERGER
ET
LE ROI.

FABLE X.

LE BERGER ET LE ROI.

Deux démons, à leur gré partagent notre vie,
Et de fon patrimoine ont chaffé la raifon.
Je ne vois point de cœurs qui ne leur facrifie.
Si vous me demandez leur état & leur nom,
J'appelle l'un, amour; & l'autre, ambition.
Cette derniere étend le plus loin fon empire:
   Car même elle entre dans l'amour.
Je le ferois bien voir: mais mon but eft de dire
Comme un Roi fit venir un Berger à fa cour.
Le conte eft du bon temps, non du fiécle où nous fommes.
Ce Roi vit un troupeau qui couvroit tous les champs,
Bien broutant, en bon corps, rapportant tous les ans,
Grace aux foins du Berger, de très-notables fommes.
Le Berger plut au Roi par fes foins diligens.
Tu mérites, dit-il, d'être pafteur de gens:
Laiffe-là tes moutons, viens conduire des hommes.
   Je te fais juge fouverain.
Voilà notre Berger la balance à la main.
Quoiqu'il n'eût guére vû d'autres gens qu'un hermite,
Son troupeau, fes mâtins, le loup, & puis c'eft tout,
Il avoit du bon fens: le refte vient enfuite:
   Bref il en vint fort bien à bout.
L'hermite fon voifin accourut pour lui dire:
Veillai-je, n'eft-ce point un fonge que je vois?
Vous favori! vous grand! défiez-vous des rois:
Leur faveur eft gliffante, on s'y trompe; & le pire,
C'eft qu'il en coûte cher: de pareilles erreurs
Ne produifent jamais que d'illuftres malheurs.
Vous ne connoiffez pas l'attrait qui vous engage.
Je vous parle en ami. Craignez tout. L'autre rit;

LE BERGER ET LE ROY. Fable CXCVIII.

LE BERGER ET LE ROY Libe CXCVIII. 2ᵉ Planche.

Et notre hermite pourſuivit :
Voyez combien déja la cour vous rend peu ſage.
Je crois voir cet aveugle, à qui dans un voyage
   Un ſerpent engourdi de froid,
Vint s'offrir ſous la main : il le prit pour un fouet.
Le ſien s'étoit perdu tombant de ſa ceinture.
Il rendoit grace au ciel de l'heureuſe aventure,
Quand un paſſant cria : que tenez-vous ? ô dieux !
Jettez cet animal traître & pernicieux,
Ce ſerpent. C'eſt un fouet. C'eſt un ſerpent, vous dis-je :
A me tant tourmenter quel intérêt m'oblige ?
Prétendez-vous garder ce tréſor ? Pourquoi non ?
Mon fouet étoit uſé, j'en retrouve un fort bon :
   Vous n'en parlez que par envie.
   L'aveugle enfin ne le crut pas,
   Il en perdit bientôt la vie :
L'animal dégourdi piqua ſon homme au bras.
   Quant à vous, j'oſe vous prédire
Qu'il vous arrivera quelque choſe de pire.
Eh, que me ſçauroit-il arriver que la mort ?
Mille dégoûts viendront, dit le prophéte hermite.
Il en vint en effet : l'hermite n'eut pas tort.
Mainte peſte de cour fit tant par maint reſſort,
Que la candeur du juge, ainſi que ſon mérite,
Furent ſuſpects au prince. On cabale, on ſuſcite
Accuſateurs & gens grevés par ſes arrêts.
De nos biens, dirent-ils, il s'eſt fait un palais.
Le Prince voulut voir ſes richeſſes immenſes,
Il ne trouva par-tout que médiocrité,
Louanges du déſert & de la pauvreté :
   C'étoient-là ſes magnificènces.
Son fait, dit-on, conſiſte en des pierres de prix :
Un grand coffre en eſt plein, fermé de dix ſerrures.
Lui-même ouvrit ce coffre, & rendit bien ſurpris
   Tous les machineurs d'impoſtures.

Tome IV.   H

Le coffre étant ouvert, on y vit des lambeaux,
    L'habit d'un gardeur de troupeaux,
Petit chapeau, jupon, panetiere, houlette,
    Et, je penfe, auffi fa mufette.
Doux tréfors! ce dit-il, chers gages, qui jamais
N'attirâtes fur vous l'envie & le menfonge,
Je vous reprens: fortons de ces riches palais
    Comme l'on fortiroit d'un fonge.
Sire, pardonnez-moi cette exclamation.
J'avois prévû ma chûte en montant fur le faîte.
Je m'y fuis trop complû: mais qui n'a dans la tête
    Un petit grain d'ambition?

(Fable CXCVIII.)

LES POISSONS ET LE BERGER QUI JOUE DE LA FLUTE. Fable CXCIX.

FABLE XI.

LES POISSONS ET LE BERGER QUI JOUE DE LA FLÛTE.

Tircis, qui pour la feule Annette
Faifoit réfonner les accords
D'une voix & d'une mufette
Capables de toucher les morts,
Chantoit un jour le long des bords
D'une onde arrofant des prairies,
Dont Zéphire habitoit les campagnes fleuries.
Annette cependant à la ligne pêchoit:
Mais nul poiffon ne s'approchoit.
La Bergere perdoit fes peines.
Le Berger qui, par fes chanfons,
Eût attiré des inhumaines,
Crut, & crut mal, attirer des poiffons.
Il leur chanta ceci : citoyens de cette onde,
Laiffez votre nayade en fa grotte profonde;
Venez voir un objet mille fois plus charmant.
Ne craignez point d'entrer aux prifons de la belle:
Ce n'eft qu'à nous qu'elle eft cruelle:
Vous ferez traités doucement;
On n'en veut point à votre vie.
Un vivier vous attend, plus clair que fin cryftal.
Et quand à quelques-uns l'appât feroit fatal,
Mourir des mains d'Annette eft un fort que j'envie.
Ce difcours éloquent ne fit pas grand effet:
L'auditoire étoit fourd auffi-bien que muet.
Tircis eut beau prêcher : ces paroles miellées
S'en étant au vent envolées,
Il tendit un long rets. Voilà les poiffons pris:
Voilà les poiffons mis aux pieds de la Bergere.

O vous! pasteurs d'humains & non pas de brebis,
Rois, qui croyez gagner par raison les esprits
      D'une multitude étrangere,
Ce n'est jamais par-là que l'on en vient à bout;
      Il y faut une autre maniere:
Servez-vous de vos rets, la puissance fait tout.

(*Fable CXCIX.*)

LES DEUX PERROQUETS, LE ROY ET SON FILS. F.de CC.

FABLE XII.

LES DEUX PERROQUETS, LE ROI ET SON FILS.

Deux Perroquets, l'un pere & l'autre fils,
Du rôt d'un roi faifoient leur ordinaire.
Deux demi-Dieux, l'un fils & l'autre pere,
De ces oifeaux faifoient leurs favoris.
L'âge lioit une amitié fincere
Entre ces gens. Les deux peres s'aimoient :
Les deux enfans, malgré leur cœur frivole,
L'un avec l'autre auffi s'accoûtumoient,
Nourris enfemble & compagnons d'école.
C'étoit beaucoup d'honneur au jeune Perroquet,
Car l'Enfant étoit prince, & fon Pere monarque.
Par le tempérament que lui donna la parque,
Il aimoit les oifeaux. Un moineau fort coquet,
Et le plus amoureux de toute la province,
Faifoit auffi fa part des délices du prince.
Ces deux rivaux un jour enfemble fe jouans,
   Comme il arrive aux jeunes gens,
  Le jeu devint une querelle.
  Le paffereau, peu circonfpect,
  S'attira de tels coups de bec,
  Que demi-mort & traînant l'aîle,
  On crut qu'il n'en pourroit guérir.
  Le prince indigné fit mourir
 Son Perroquet. Le bruit en vint au pere.
L'infortuné vieillard crie & fe défefpere ;
  Le tout en vain : fes cris font fuperflus :
  L'oifeau parleur eft déja dans la barque :
  Pour dire mieux, l'oifeau ne parlant plus,
  Fait qu'en fureur fur le fils du monarque,
Son pere s'en va fondre & lui créve les yeux.

Tome IV.   I

Il fe fauve auffi-tôt, & choifit pour afyle
  Le haut d'un pin. Là, dans le fein des dieux,
Il goûte fa vengeance en lieu fûr & tranquille:
Le Roi lui-même y court, & dit pour l'attirer:
Ami, reviens chez moi: que nous fert de pleurer?
Haine, vengeance & deuil, laiffons tout à la porte.
  Je fuis contraint de déclarer;
  Encor que ma douleur foit forte,
Que le tort vient de nous: mon fils fut l'agreffeur.
Mon fils! non: c'eft le fort qui du coup eft l'auteur.
La parque avoit écrit de tout temps en fon livre,
Que l'un de nos enfans devoit ceffer de vivre,
  L'autre de voir, par ce malheur.
Confolons-nous tous deux, & reviens dans ta cage.
  Le Perroquet dit: fire Roi,
  Crois-tu qu'après un tel outrage
  Je me doive fier à toi?
Tu m'allegues le fort: prétens-tu par ta foi
Me leurrer de l'appât d'un profane langage?
Mais que la Providence, ou bien que le deftin
  Régle les affaires du monde,
Il eft écrit là-haut qu'au faîte de ce pin,
  Ou dans quelque forêt profonde,
J'acheverai mes jours loin du fatal objet
  Qui doit t'être un jufte fujet
De haine & de fureur. Je fçais que la vengeance
Eft un morceau de roi, car vous vivez en dieux.
  Tu veux oublier cette offenfe:
Je le crois: cependant, il me faut, pour le mieux,
  Éviter ta main & tes yeux.
Sire Roi, mon ami, va-t'en, tu perds ta peine,
  Ne me parle point de retour:
L'abfence eft auffi-bien un reméde à la haine,
  Qu'un appareil contre l'amour.

         (*Fable cc.*)

FABLE XIII.

LA LIONNE

ET

L'OURS.

FABLE XIII.

LA LIONNE ET L'OURS.

Mere Lionne avoit perdu son fan :
Un chasseur l'avoit pris. La pauvre infortunée
    Poussoit un tel rugissement,
Que toute la forêt étoit importunée.
    La nuit, ni son obscurité,
    Son silence & ses autres charmes,
De la Reine des bois n'arrêtoit les vacarmes.
Nul animal n'étoit du sommeil visité.
    L'Ours enfin lui dit : ma commere,
    Un mot sans plus : tous les enfans
    Qui sont passés entre vos dents,
    N'avoient-ils ni pere ni mere ?
    Ils en avoient. S'il est ainsi,
Et qu'aucun de leur mort n'ait nos têtes rompues,
    Si tant de meres se sont tues,
    Que ne vous taisez-vous aussi ?
    Moi me taire ? moi malheureuse !
Ah, j'ai perdu mon fils ! il me faudra traîner
    Une vieillesse douloureuse.
Dites-moi, qui vous force à vous y condamner ?
Hélas ! c'est le destin qui me hait. Ces paroles
Ont été de tout temps en la bouche de tous.

Misérables humains, ceci s'adresse à vous.
Je n'entens résonner que des plaintes frivoles.
Quiconque, en pareil cas, se croit haï des cieux,
Qu'il considere Hécube, il rendra grace aux dieux.

(*Fable CCI.*)

LA LIONNE ET L'OURS. Fable CCI.

J.B. Oudry inv.   L.Lempereur sculp.

LES DEUX AVANTURIERS ET LE TALISMAN. Fable CCII.

J.B. Oudry inv. B.R.   P. Martenasie sculp.

LES DEUX AVANTURIERS ET LE TALISMAN. Fable CCII.

J.B. Oudry inv.　　　　　　　　　　　　　　　　　　　　　　E. Baquoy Sculp.

FABLE XIV.

LES DEUX AVENTURIERS ET LE TALISMAN.

Aucun chemin de fleurs ne conduit à la gloire.
Je n'en veux pour témoin, qu'Hercule & fes travaux.
    Ce dieu n'a guére de rivaux:
J'en vois peu dans la fable, encor moins dans l'hiftoire.
En voici pourtant un, que de vieux Talifmans
Firent chercher fortune au pays des romans.
    Il voyageoit de compagnie:
Son camarade & lui trouverent un poteau,
    Ayant au haut cet écriteau :
Seigneur Aventurier, s'il te prend quelque envie
De voir ce que n'a vû nul Chevalier errant,
    Tu n'as qu'à paffer ce torrent,
Puis prenant dans tes bras un éléphant de pierre,
    Que tu verras couché par terre,
Le porter d'une haleine au fommet de ce mont
Qui menace les cieux de fon fuperbe front.
L'un des deux Chevaliers faigna du nez. Si l'onde
    Eft rapide autant que profonde,
Dit-il, & fuppofé qu'on la puiffe paffer,
Pourquoi de l'éléphant s'aller embarraffer?
    Quelle ridicule entreprife!
Le fage l'aura fait par tel art & de guife,
Qu'on le pourra porter peut-être quatre pas:
Mais jufqu'au haut du mont, d'une haleine, il n'eft pas
Au pouvoir d'un mortel, à moins que la figure
Ne foit d'un éléphant nain, pigmée, avorton,
    Propre à mettre au bout d'un bâton:
Auquel cas, où l'honneur d'une telle aventure?
On nous veut attraper dedans cette écriture:
Ce fera quelque énigme à tromper un enfant.
    Tome IV.   K

C'eſt pourquoi je vous laiſſe avec votre éléphant.
Le Raiſonneur parti, l'Aventurier ſe lance,
       Les yeux clos, à travers cette eau.
       Ni profondeur ni violence
Ne purent l'arrêter; & ſelon l'écriteau,
Il vit ſon éléphant couché ſur l'autre rive.
Il le prend, il l'emporte, au haut du mont arrive,
Rencontre une eſplanade, & puis une cité.
Un cri par l'éléphant auſſi-tôt eſt jetté.
       Le peuple auſſi-tôt ſort en armes.
Tout autre Aventurier, au bruit de ces alarmes,
Auroit fui. Celui-ci, loin de tourner le dos,
Veut vendre au moins ſa vie, & mourir en héros.
Il fut tout étonné d'oüir cette cohorte
Le proclamer monarque au lieu de ſon roi mort.
Il ne ſe fit prier que de la bonne ſorte,
Encor que le fardeau fût, dit-il, un peu fort.
Sixte en diſoit autant quand on le fit ſaint pere,
       (Seroit-ce bien une miſere
       Que d'être pape, ou d'être roi?)
On reconnut bientôt ſon peu de bonne foi.

Fortune aveugle ſuit aveugle hardieſſe.
Le ſage quelquefois fait bien d'exécuter,
Avant que de donner le temps à la ſageſſe
D'enviſager le fait, & ſans la conſulter.

FABLE XV.

LES LAPINS.

FABLE XV.

LES LAPINS.

DISCOURS A M. LE DUC DE LA ROCHEFOUCAULT.

Je me fuis fouvent dit, voyant de quelle forte
    L'homme agit, & qu'il fe comporte
En mille occafions comme les animaux:
Le roi de ces gens-là n'a pas moins de défauts
    Que fes fujets; & la nature
    A mis dans chaque créature
Quelque grain d'une maffe où puifent les efprits;
J'entens les efprits corps, & pêtris de matiere.
    Je vais prouver ce que je dis.

A l'heure de l'affût, foit lorfque la lumiere
Précipite fes traits dans l'humide féjour,
Soit lorfque le foleil rentre dans fa carriere,
Et que n'étant plus nuit, il n'eft pas encor jour,
Au bord de quelque bois fur un arbre je grimpe;
Et, nouveau Jupiter, du haut de cet olympe,
    Je foudroie à difcrétion
    Un Lapin qui n'y penfoit guére.
Je vois fuir auffi-tôt toute la nation
    Des Lapins, qui fur la bruyere,
    L'œil éveillé, l'oreille au guet,
S'égayoient, & de thym parfumoient leur banquet.
    Le bruit du coup fait que la bande
    S'en va chercher fa fûreté
    Dans la foûterreine cité:
Mais le danger s'oublie; & cette peur fi grande
S'évanouit bientôt. Je revois les Lapins
Plus gais qu'auparavant revenir fous mes mains.

LES LAPINS. FAB. CCIII.

J.B. Oudry inv.   B.H.   L. L'Empereur sculp.

Ne reconnoît-on pas en cela les humains?
  Difperfés par quelque orage,
  A peine ils touchent le port,
  Qu'ils vont hazarder encor
  Même vent, même naufrage.
  Vrais Lapins, on les revoit
  Sous les mains de la fortune.
Joignons à cet exemple une chofe commune.

Quand des chiens étrangers paffent par quelque endroit
  Qui n'eft pas de leur détroit,
  Je laiffe à penfer quelle fête!
  Les chiens du lieu n'ayant en tête
Qu'un intérêt de gueule, à cris, à coups de dents
  Vous accompagnent ces paffans
  Jufqu'aux confins du territoire.
Un intérêt de biens, de grandeur & de gloire
Aux gouverneurs d'états, à certains courtifans,
A gens de tous métiers, en fait tout autant faire.
  On nous voit tous, pour l'ordinaire,
Piller le furvenant, nous jetter fur fa peau.
La coquette & l'auteur font de ce caractere:
  Malheur à l'écrivain nouveau!
Le moins de gens qu'on peut à l'entour du gâteau,
  C'eft le droit du jeu, c'eft l'affaire.
Cent exemples pourroient appuyer mon difcours.
  Mais les ouvrages les plus courts
Sont toujours les meilleurs. En cela j'ai pour guide
Tous les maîtres de l'art, & tiens qu'il faut laiffer
Dans les plus beaux fujets quelque chofe à penfer:
  Ainfi ce difcours doit ceffer.

Vous, qui m'avez donné ce qu'il a de folide,
Et dont la modeftie égale la grandeur,
Qui ne pûtes jamais écouter fans pudeur

Tome IV.   L

La louange la plus permife,
    La plus jufte & la mieux acquife;
Vous enfin, dont à peine ai-je encore obtenu
Que votre nom reçût ici quelques hommages,
Du temps & des cenfeurs défendant mes ouvrages,
Comme un nom qui des ans & des peuples connu,
Fait honneur à la France, en grands noms plus féconde
    Qu'aucun climat de l'univers;
Permettez-moi du moins d'apprendre à tout le monde,
Que vous m'avez donné le fujet de ces vers.

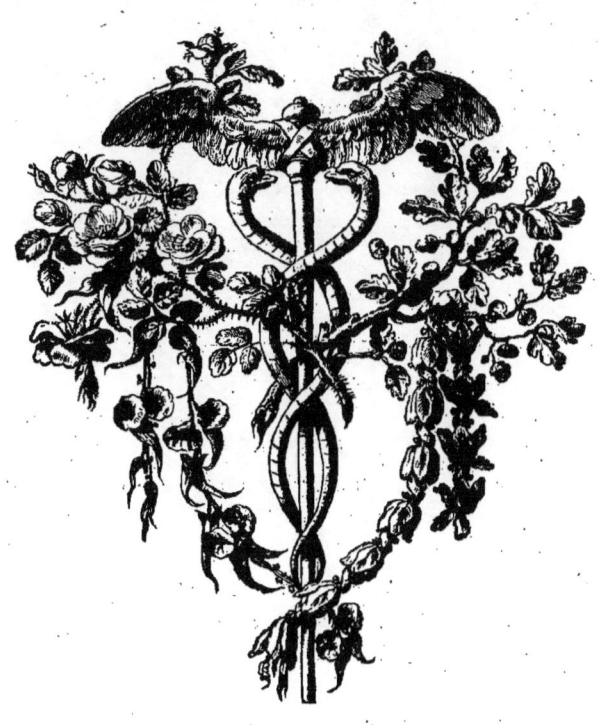

(*Fable CCIII.*)

LE MARCHAND, LE GENTILHOMME, LE PATRE ET LE FILS DE ROY. F.B. CCIV.

J.B. Oudry inv·   Ryland aqua forti, Beauvais Cole, sculp.secuntz

FABLE XVI.

LE MARCHAND, LE GENTILHOMME, LE PÂTRE ET LE FILS DE ROI.

Quatre chercheurs de nouveaux mondes,
Presque nuds, échappés à la fureur des ondes,
Un Trafiquant, un Noble, un Pâtre, un Fils de Roi,
  Réduits au fort de * Belifaire,
  Demandoient aux paffans de quoi
  Pouvoir foulager leur mifere.
De raconter quel fort les avoit affemblés,
Quoique fous divers points tous quatre ils fuffent nés,
  C'eft un récit de longue haleine.
Ils s'affirent enfin au bord d'une fontaine.
Là, le confeil fe tint entre les pauvres gens.
Le Prince s'étendit fur le malheur des grands.
Le Pâtre fut d'avis, qu'éloignant la penfée
  De leur aventure paffée,
Chacun fît de fon mieux, & s'appliquât au foin
  De pourvoir au commun befoin.
La plainte ajouta-t-il, guérit-elle fon homme?
Travaillons : c'eft de quoi nous mener jufqu'à Rome.
Un Pâtre ainfi parler! ainfi parler? croit-on
Que le ciel n'ait donné qu'aux têtes couronnées
  De l'efprit & de la raifon;
Et que de tout berger comme de tout mouton,
  Les connoiffances foient bornées?
L'avis de celui-ci fut d'abord trouvé bon
Par les trois échoués au bord de l'Amérique.
L'un, c'étoit le Marchand, fçavoit l'arithmétique :
A tant par mois, dit-il, j'en donnerai leçon.

---

* Belifaire étoit un grand capitaine, qui ayant commandé les armées de l'empereur *Juftinien*, & perdu les bonnes graces de fon maître, tomba dans un tel point de mifere, qu'il demandoit l'aumône fur les grands chemins.

J'enſeignerai la politique,
Reprit le Fils de Roi. Le Noble pourſuivit,
Moi, je ſçai le blaſon, j'en veux tenir école:
Comme ſi devers l'Inde on eût eu dans l'eſprit
La ſotte vanité de ce jargon frivole.
Le Pâtre dit: amis, vous parlez bien: mais quoi?
Le mois a trente jours, juſqu'à cette échéance
　　　　Jeûnerons-nous par votre foi?
　　　　Vous me donnez une eſpérance
Belle, mais éloignée; & cependant j'ai faim.
Qui pourvoira de nous au dîner de demain?
　　　　Ou pluſtôt ſur quelle aſſûrance
Fondez-vous, dites-moi, le ſouper d'aujourd'hui?
　　　　Avant tout autre c'eſt celui
　　　　Dont il s'agit: votre ſcience
Eſt courte là-deſſus: ma main y ſuppléra.
　　　　A ces mots, le Pâtre s'en va
Dans un bois: il y fit des fagots, dont la vente,
Pendant cette journée & pendant la ſuivante,
Empêcha qu'un long jeûne à la fin ne fît tant,
Qu'ils allaſſent là-bas exercer leur talent.

　　　　Je conclus de cette aventure,
Qu'il ne faut pas tant d'art pour conſerver ſes jours;
　　　　Et grace aux dons de la nature,
La main eſt le plus ſûr & le plus prompt ſecours.

Fin du dixiéme Livre.

(*Fable* CCIV.)

LE LION. Fable CCV.

FABLES CHOISIES.

LIVRE ONZIEME.

FABLE I.

Le Lion.

Sultan léopard autrefois
  Eut, ce dit-on, par mainte aubaine,
Force bœufs dans fes prés, force cerfs dans fes bois,
  Force moutons parmi la plaine.
Il naquit un Lion dans la forêt prochaine.
Après les complimens & d'une & d'autre part,
  Comme entre grands il le pratique,
Le fultan fit venir fon vifir le renard,
  Vieux routier & bon politique.
Tu crains, ce lui dit-il, Lionceau mon voifin;
  Son pere eft mort, que peut-il faire?
  Plains plutôt le pauvre orphelin.
  Il a chez lui plus d'une affaire,
  Et devra beaucoup au deftin,
S'il garde ce qu'il a fans tenter de conquête.
  Le renard dit, branlant la tête,
Tels orphelins, feigneur, ne me font point pitié;
Il faut de celui-ci conferver l'amitié,
  Ou s'efforcer de le détruire,
  Avant que la griffe & la dent
Lui foit crue, & qu'il foit en état de nous nuire:
  N'y perdez pas un feul moment.
J'ai fait fon horofcope: il croîtra par la guerre,
  Ce fera le meilleur Lion,
  Pour fes amis, qui foit fur terre;
  Tâchez donc d'en être, finon

Tome IV.   M

Tâchez de l'affoiblir. La harangue fut vaine.
Le fultan dormoit lors; & dedans fon domaine
Chacun dormoit auffi, bêtes, gens: tant qu'enfin
Le Lionceau devient vrai Lion. Le tocfin
Sonne auffi-tôt fur lui: l'alarme fe promene
   De toutes parts, & le vifir
Confulté là-deffus, dit avec un foupir:
Pourquoi l'irritez-vous? la chofe eft fans reméde.
En vain nous appellons mille gens à notre aide.
Plus ils font, plus ils coûtent, & je ne les tiens bons
   Qu'à manger leur part des moutons.
Appaifez le Lion: feul il paffe en puiffance
Ce monde d'alliés vivant fur notre bien.
Le Lion en a trois qui ne lui coûtent rien,
Son courage, fa force, avec fa vigilance.
Jettez-lui promptement fous la griffe un mouton;
S'il n'en eft pas content, jettez-en davantage:
Joignez-y quelque bœuf: choififfez, pour ce don,
   Tout le plus gras du pâturage:
Sauvez le refte ainfi. Ce confeil ne plut pas:
   Il en prit mal; & force états
   Voifins du fultan en pâtirent:
   Nul n'y gagna, tous y perdirent.
   Quoi que fît ce monde ennemi,
   Celui qu'ils craignoient fut le maître.
Propofez-vous d'avoir le Lion pour ami,
   Si vous voulez le laiffer croître.

(*Fable ccv.*)

J.B. Oudry inv. B.R.

P. Martenasie sculp.

FABLE II.

LES DIEUX VOULANT INSTRUIRE UN FILS DE JUPITER.

POUR MONSEIGNEUR LE DUC DU MAINE.

Jupiter eut un fils, qui fe fentant du lieu
    Dont il tiroit fon origine,
    Avoit l'ame toute divine.
L'enfance n'aime rien : celle du jeune Dieu
    Faifoit fa principale affaire
    Des doux foins d'aimer & de plaire.
    En lui l'amour & la raifon
Devancerent le temps, dont les aîles légeres
N'aménent que trop tôt, hélas ! chaque faifon.
Flore aux regards rians, aux charmantes maniéres,
Toucha d'abord le cœur du jeune Olympien ;
Ce que la paffion peut infpirer d'adreffe,
Sentimens délicats & remplis de tendreffe,
Pleurs, foupirs, tout en fut : bref, il n'oublia rien.
Le fils de Jupiter devoit, par fa naiffance,
Avoir un autre efprit, & d'autres dons des cieux,
    Que les enfans des autres Dieux.
Il fembloit qu'il n'agît que par réminifcence,
Et qu'il eût autrefois fait le métier d'amant,
    Tant il le fit parfaitement.
Jupiter cependant voulut le faire inftruire.
Il affembla les Dieux, & dit : j'ai fçu conduire
Seul & fans compagnon jufqu'ici l'univers :
    Mais il eft des emplois divers
    Qu'aux nouveaux Dieux je diftribue.
Sur cet enfant chéri j'ai donc jetté la vûe.
C'eft mon fang : tout eft plein déja de fes autels.

Afin de mériter le rang des immortels,
Il faut qu'il fçache tout. Le maître du tonnerre
Eut à peine achevé, que chacun applaudit.
Pour fçavoir tout, l'enfant n'avoit que trop d'efprit.
  Je veux, dit le dieu de la guerre,
  Lui montrer moi-même cet art
  Par qui maints héros ont eu part
Aux honneurs de l'olympe, & groffi cet empire.
  Je ferai fon maître de lyre,
  Dit le blond & docte Apollon.
Et moi, reprit Hercule à la peau de lion,
  Son maître à furmonter les vices,
A domter les tranfports, monftres empoifonneurs,
Comme hydres rénaiffans fans ceffe dans les cœurs.
  Ennemi des molles délices,
Il apprendra de moi les fentiers peu battus
Qui ménent aux honneurs fur les pas des vertus.
  Quand ce vint au Dieu de Cythere,
  Il dit qu'il lui montreroit tout.
L'Amour avoit raifon; de quoi ne vient à bout
  L'efprit joint au defir de plaire?

(*Fable* CCVI.)

LE FERMIER, LE CHIEN ET LE RENARD, Fable CCVI.

FABLE III.

LE FERMIER, LE CHIEN ET LE RENARD.

Le Loup & le Renard font d'étranges voifins :
Je ne bâtirai point autour de leur demeure.
   Ce dernier guettoit à toute heure
Les poules d'un fermier : & quoique des plus fins,
Il n'avoit pû donner atteinte à la volaille.
D'une part l'appétit, de l'autre le danger,
N'étoient pas au compere un embarras léger.
   Hé quoi, dit-il, cette canaille,
   Se moque impunément de moi?
   Je vais, je viens, je me travaille,
J'imagine cent tours : le ruftre, en paix chez foi,
Vous fait argent de tout, convertit en monnoie
Ses chapons, fa poulaille : il en a même au croc :
Et moi, maître paffé, quand j'attrape un vieux coq,
   Je fuis au comble de la joie!
Pourquoi fire Jupin m'a-t-il donc appellé
Au métier de Renard? je jure les puiffances
De l'olympe & du ftyx, il en fera parlé.
   Roulant en fon cœur les vengeances,
Il choifit une nuit libérale en pavots.
Chacun étoit plongé dans un profond repos :
Le maître du logis, les valets, le chien même,
Poules, poulets, chapons, tout dormoit. Le Fermier
   Laiffant ouvert fon poulailler,
   Commit une fottife extrême.
Le voleur tourne tant, qu'il entre au lieu guetté,
Le dépeuple, remplit de meurtres la cité.
   Les marques de fa cruauté,
Parurent avec l'aube : on vit un étalage
   De corps fanglans, & de carnage.

Peu s'en fallut que le foleil
Ne rebrouffât d'horreur vers le manoir liquide.
          Tel, & d'un fpectacle pareil
Apollon irrité contre le fier Atride,
Joncha fon camp de morts : on vit prefque détruit
L'oft des Grecs ; & ce fut l'ouvrage d'une nuit.
          Tel encore autour de fa tente,
          Ajax à l'ame impatiente,
De moutons & de boucs fit un vafte débris,
Croyant tuer en eux fon concurrent Ulyffe,
          Et les auteurs de l'injuftice
          Par qui l'autre emporta le prix.
Le Renard, autre Ajax, aux volailles funefte,
Emporte ce qu'il peut, laiffe étendu le refte.
Le maître ne trouva de recours qu'à crier
Contre fes gens, fon chien : c'eft l'ordinaire ufage.
Ah ! maudit animal, qui n'es bon qu'à noyer,
Que n'avertiffois-tu dès l'abord du carnage ?
Que ne l'évitiez-vous ? c'eût été pluftôt fait.
Si vous, Maître & Fermier, à qui touche le fait,
Dormez fans avoir foin que la porte foit clofe,
Voulez-vous que moi, chien, qui n'ai rien à la chofe,
Sans aucun intérêt je perde le repos ?
          Ce chien parloit très à propos :
          Son raifonnement pouvoit être
          Fort bon dans la bouche d'un maître,
          Mais n'étant que d'un fimple chien,
          On trouva qu'il ne valoit rien :
          On vous fangla le pauvre drille.

Toi donc, qui que tu fois, ô pere de famille,
(Et je ne t'ai jamais envié cet honneur)
T'attendre aux yeux d'autrui, quand tu dors, c'eft erreur.
Couche-toi le dernier, & vois fermer ta porte.
          Que fi quelque affaire t'importe,
          Ne la fais point par procureur.   (*Fable CCVII.*)

LE SONGE D'UN HABITANT DU MOGOL. Fable CCVIII.

FABLE IV.

LE SONGE D'UN HABITANT DU MOGOL.

Jadis certain Mogol vit en songe un visir,
Aux champs Elysiens possesseur d'un plaisir
Aussi pur qu'infini, tant en prix qu'en durée:
Le même songeur vit en une autre contrée
     Un hermite entouré de feux,
Qui touchoit de pitié même les malheureux.
Le cas parut étrange, & contre l'ordinaire,
Minos en ces deux morts sembloit s'être mépris.
Le dormeur s'éveilla, tant il en fut surpris.
Dans ce songe pourtant soupçonnant du mystere,
     Il se fit expliquer l'affaire.
L'interpréte lui dit: ne vous étonnez point,
Votre songe a du sens; & si j'ai sur ce point
     Acquis tant soit peu d'habitude,
C'est un avis des dieux. Pendant l'humain séjour
Ce visir quelquefois cherchoit la solitude;
Cet hermite aux visirs alloit faire sa cour.

Si j'osois ajoûter au mot de l'interpréte,
J'inspirerois ici l'amour de la retraite;
Elle offre à ses amans des biens sans embarras,
Biens purs, présens du ciel, qui naissent sous les pas.
Solitude où je trouve une douceur secrete,
Lieux que j'aimai toujours, ne pourrai-je jamais,
Loin du monde & du bruit goûter l'ombre & le frais?
O qui m'arrêtera sous vos sombres asyles!
Quand pourront les neuf sœurs, loin des cours & des villes,
M'occuper tout entier, & m'apprendre des cieux
Les divers mouvemens inconnus à nos yeux,
Les noms & les vertus de ces clartés errantes,

Par qui font nos deſtins & nos mœurs différentes?
Que ſi je ne ſuis né pour de ſi grands projets,
Du moins que les ruiſſeaux m'offrent de doux objets!
Que je peigne en mes vers quelque rive fleurie!
La parque à filets d'or n'ourdira point ma vie;
Je ne dormirai point ſous de riches lambris:
Mais voit-on que le ſomme en perde de ſon prix?
En eſt-il moins profond, & moins plein de délices?
Je lui voue au déſert de nouveaux ſacrifices.
Quand le moment viendra d'aller trouver les morts,
J'aurai vécu ſans ſoins, & mourrai ſans remords.

(*Fable* CCVIII.)

FABLE V.

LE LION, LE SINGE

ET

LES DEUX ÂNES.

FABLE V.

LE LION, LE SINGE ET LES DEUX ÂNES.

Le Lion, pour bien gouverner,
　　Voulant apprendre la morale,
Se fit, un beau jour, amener
Le Singe maître ès arts chez la gent animale.
La premiere leçon que donna le régent,
Fut celle-ci : grand roi, pour régner fagement,
　　Il faut que tout prince préfere
Le zele de l'état à certain mouvement
　　　Qu'on appelle communément
　　　Amour propre ; car c'eſt le pere,
　　　C'eſt l'auteur de tous les défauts,
　　　Que l'on remarque aux animaux.
Vouloir que de tout point ce fentiment vous quitte,
　　　Ce n'eſt pas choſe ſi petite,
　　　Qu'on en vienne à bout dans un jour :
C'eſt beaucoup de pouvoir modérer cet amour.
　　　Par là votre perſonne auguſte
　　　N'admettra jamais rien en foi
　　　De ridicule ni d'injuſte.
　　　Donne-moi, repartit le roi,
　　　Des exemples de l'un & l'autre.
　　　Toute eſpece, dit le docteur,
　　　(Et je commence par la nôtre)
Toute profeſſion s'eſtime dans fon cœur,
　　　Traite les autres d'ignorantes,
　　　Les qualifie impertinentes,
Et femblables difcours qui ne nous coûtent rien.
L'amour propre, au rebours, fait qu'au degré fuprême
On porte fes pareils ; car c'eſt un bon moyen
　　　De s'élever auſſi foi-même.

LE LION, LE SINGE ET LES DEUX ÂNES. Fable CCIX.

De tout ce que deſſus j'argumente très-bien
Qu'ici bas maint talent n'eſt que pure grimace,
Cabale, & certain art de ſe faire valoir,
Mieux ſçu des ignorans, que des gens de ſçavoir.

　　　L'autre jour ſuivant à la trace
Deux Anes qui, prenant tour à tour l'encenſoir,
Se louoient tour à tour, comme c'eſt la maniere,
J'ouïs que l'un des deux diſoit à ſon confrere :
Seigneur, trouvez-vous pas bien injuſte & bien ſot
L'homme, cet animal ſi parfait ? Il profane
　　　Notre auguſte nom, traitant d'Ane
Quiconque eſt ignorant, d'eſprit lourd, idiot :
　　　Il abuſe encore d'un mot,
Et traite notre rire & nos diſcours de braire.
Les humains ſont plaiſans de vouloir exceller
Pardeſſus nous ! non, non : c'eſt à vous de parler,
　　　A leurs orateurs de ſe taire :
Voilà les vrais braillards. Mais laiſſons-là ces gens :
　　　Vous m'entendez, je vous entens :
　　　Il ſuffit ; & quant aux merveilles,
Dont votre divin chant vient frapper les oreilles,
Philomele eſt, au prix, novice dans cet art :
Vous ſurpaſſez Lambert. L'autre Baudet repart :
Seigneur, j'admire en vous des qualités pareilles.
Ces Anes, non contens de s'être ainſi grattés,
　　　S'en allerent dans les cités
L'un l'autre ſe prôner. Chacun d'eux croyoit faire,
En priſant ſes pareils, une fort bonne affaire,
Prétendant que l'honneur en reviendroit ſur lui.
　　　J'en connois beaucoup aujourd'hui,
Non parmi les Baudets, mais parmi les puiſſances
Que le ciel voulut mettre en de plus hauts degrés,
Qui changeroient entr'eux les ſimples excellences,
　　　S'ils oſoient, en des majeſtés.

J'en dis peut-être plus qu'il ne faut; & fuppofe
Que votre majefté gardera le fecret.
Elle avoit fouhaité d'apprendre quelque trait
       Qui lui fît voir, entre autre chofe,
L'amour propre donnant du ridicule aux gens.
L'injufte aura fon tour: il y faut plus de temps.
Ainfi parla ce Singe. On ne m'a pas fçu dire
S'il traita l'autre point, car il eft délicat;
Et notre maître ès arts qui n'étoit pas un fat,
Regardoit ce Lion comme un terrible Sire.

(*Fable CCIX.*)

LE LOUP ET LE RENARD. Fable CCX.

FABLE VI.

LE LOUP ET LE RENARD.

Mais d'où vient qu'au Renard Ésope accorde un point?
C'est d'exceller en tours pleins de matoiserie.
J'en cherche la raison, & ne la trouve point.
Quand le Loup a besoin de défendre sa vie,
   Ou d'attaquer celle d'autrui,
   N'en sçait-il pas autant que lui?
Je crois qu'il en sçait plus, & j'oserois peut-être
Avec quelque raison contredire mon maître.
Voici pourtant un cas où tout l'honneur échut
A l'hôte des terriers. Un soir il apperçut
La lune au fond d'un puits: l'orbiculaire image
   Lui parut un ample fromage.
   Deux seaux alternativement
   Puisoient le liquide élément.
Notre Renard, pressé par une faim canine,
S'accommode en celui qu'au haut de la machine
   L'autre seau tenoit suspendu.
   Voilà l'animal descendu,
   Tiré d'erreur, mais fort en peine,
   Et voyant sa perte prochaine:
Car comment remonter, si quelque autre affamé,
   De la même image charmé,
   Et succédant à sa misère,
Par le même chemin ne le tiroit d'affaire?
Deux jours s'étoient passés sans qu'aucun vînt au puits:
Le temps qui toujours marche, avoir, pendant deux nuits,
   Échancré, selon l'ordinaire,
De l'astre au front d'argent la face circulaire.
   Sire Renard étoit désespéré.
   Compere Loup, le gosier altéré,
Tome IV.   P

Paſſe par-là : l'autre dit : camarade,
Je vous veux régaler ; voyez-vous cet objet ?
C'eſt un fromage exquis. Le dieu Faune l'a fait ;
  La vache Io donna le lait.
  Jupiter, s'il étoit malade,
Reprendroit l'appétit en tâtant d'un tel mets.
  J'en ai mangé cette échancrure,
Le reſte vous ſera ſuffiſante pâture.
Deſcendez dans un ſeau que j'ai là mis exprès.
Bien qu'au moins mal qu'il pût il ajuſtât l'hiſtoire,
  Le Loup fut un ſot de le croire.
Il deſcend, & ſon poids emportant l'autre part,
  Reguinde en haut maître Renard.

 Ne nous en moquons point : nous nous laiſſons ſéduire
  Sur auſſi peu de fondement ;
  Et chacun croit fort aiſément
  Ce qu'il craint & ce qu'il deſire.

(Fable ccx.)

FABLE VII.
LE PAYSAN
DU
DANUBE.

FABLE VII.

LE PAYSAN DU DANUBE.

Il ne faut point juger des gens fur l'apparence.
Le confeil en eft bon; mais il n'eft pas nouveau.

Jadis, l'erreur du fouriceau
Me fervit à prouver le difcours que j'avance.
J'ai, pour le fonder à préfent,
Le bon Socrate, Éfope, & certain Payfan
Des rives du Danube, homme dont Marc-Aurele
Nous fait un portrait fort fidele.
On connoît les premiers : quant à l'autre, voici
Le perfonnage en raccourci.
Son menton nourriffoit une barbe touffue;
Toute fa perfonne velue
Repréfentoit un ours, mais un ours mal léché,
Sous un fourcil épais il avoit l'œil caché,
Le regard de travers, nez tortu, groffe lévre;
Portoit fayon de poil de chévre,
Et ceinture de joncs marins.
Cet homme, ainfi bâti, fut député des villes
Que lave le Danube : il n'étoit point d'afyles
Où l'avarice des Romains
Ne pénétrât alors, & ne portât les mains.
Le député vint donc, & fit cette harangue :
Romains, & vous, fénat affis pour m'écouter,
Je fupplie, avant tout, les dieux de m'affifter:
Veuillent les immortels, conducteurs de ma langue,
Que je ne dife rien qui doive être repris.
Sans leur aide il ne peut entrer dans les efprits,
Que tout mal & toute injuftice:
Faute d'y recourir on viole leurs loix.

LE PAYSAN DU DANUBE. Fable CCXI.

Témoin nous que punit la romaine avarice,
Rome eft, par nos forfaits, plus que par fes exploits,
    L'inftrument de notre fupplice.
Craignez, Romains, craignez que le ciel quelque jour
Ne tranfporte chez vous les pleurs & la mifere,
Et mettant en nos mains, par un jufte retour,
Les armes dont fe fert fa vengeance févere,
    Il ne vous faffe, en fa colere,
    Nos efclaves à votre tour.
Et pourquoi fommes-nous les vôtres? qu'on me die
En quoi vous valez mieux que cent peuples divers?
Quel droit vous a rendus maîtres de l'univers?
Pourquoi venir troubler une innocente vie?
Nous cultivions en paix d'heureux champs, & nos mains
Étoient propres aux arts, ainfi qu'au labourage:
    Qu'avez-vous appris aux Germains?
    Ils ont l'adreffe & le courage:
    S'ils avoient eu l'avidité,
    Comme vous, & la violence,
Peut-être, en votre place, ils auroient la puiffance,
Et fçauroient en ufer fans inhumanité.
Celle que vos préteurs ont fur nous exercée,
    N'entre qu'à peine en la penfée.
    La majefté de vos autels
    Elle-même en eft offenfée:
    Car fçachez que les immortels
Ont les regards fur nous. Graces à vos exemples,
Il n'ont devant les yeux que des objets d'horreur,
    De mépris d'eux, & de leur temples,
D'avarice qui va jufques à la fureur.
Rien ne fuffit aux gens qui nous viennent de Rome:
    La terre & le travail de l'homme
Font, pour les affouvir, des efforts fuperflus.
    Retirez-les: on ne veut plus
    Cultiver pour eux les campagnes.

Tome IV.   Q

Nous quittons les cités, nous fuyons aux montagnes;
　　　Nous laiſſons nos cheres compagnes:
Nous ne converſons plus qu'avec des ours affreux,
Découragés de mettre au jour des malheureux,
Et de peupler pour Rome un pays qu'elle opprime.
　　　Quant à nos enfans déja nés,
Nous ſouhaitons de voir leurs jours bientôt bornés:
Vos préteurs, au malheur, nous font joindre le crime.
　　Retirez-les, ils ne nous apprendront
　　　Que la molleſſe, & que le vice.
　　　Les Germains comme eux deviendront
　　　Gens de rapine & d'avarice:
C'eſt tout ce que j'ai vû dans Rome à mon abord.
　　　N'a-t-on point de préſent à faire?
Point de pourpre à donner? c'eſt en vain qu'on eſpere
Quelque refuge aux loix: encor leur miniſtere
A-t-il mille longueurs. Ce diſcours, un peu fort,
　　　Doit commencer à vous déplaire.
　　　Je finis. Puniſſez de mort
　　　Une plainte un peu trop ſincere.
A ces mots, il ſe couche, & chacun étonné,
Admire le grand cœur, le bon ſens, l'éloquence
　　　Du Sauvage ainſi proſterné.
On le créa patrice; & ce fut la vengeance
Qu'on crut qu'un tel diſcours méritoit. On choiſit
　　　D'autres préteurs; & par écrit
Le ſénat demanda ce qu'avoit dit cet homme,
Pour ſervir de modele aux parleurs à venir.
　　　On ne ſçut pas long-temps à Rome
　　　Cette éloquence entretenir.

(*Fable CCXI.*)

LE VIEILLARD ET LES TROIS JEUNES HOMMES. Fable CCXII.

J.B.Oudry inv.

L.B.Prevost sculp.

FABLE VIII.

LE VIEILLARD ET LES TROIS JEUNES HOMMES.

Un Octogénaire plantoit.
Paſſe encor de bâtir; mais planter à cet âge!
Diſoient trois Jouvenceaux enfans du voiſinage,
   Aſſurément il radotoit,
   Car, au nom des dieux, je vous prie,
Quel fruit de ce labeur pouvez-vous recueillir?
Autant qu'un patriarche il vous faudroit vieillir.
   A quoi bon charger votre vie
Des ſoins d'un avenir qui n'eſt pas fait pour vous?
Ne ſongez déſormais qu'à vos erreurs paſſées.
Quittez le long eſpoir & les vaſtes penſées:
   Tout cela ne convient qu'à nous.
   Il ne convient pas à vous-mêmes,
Repartit le Vieillard. Tout établiſſement
Vient tard & dure peu. La main des parques blêmes
De vos jours & des miens ſe joue également.
Nos termes ſont pareils par leur courte durée.
Qui de nous des clartés de la voûte azurée
Doit jouir le dernier? eſt-il aucun moment
Qui vous puiſſe aſſurer d'un ſecond ſeulement?
Mes arriére-neveux me devront cet ombrage:
   Hé bien, défendez-vous au ſage
De ſe donner des ſoins pour le plaiſir d'autrui?
Cela même eſt un fruit que je goûte aujourd'hui:
J'en puis jouir demain, & quelques jours encore:
   Je puis enfin compter l'aurore
   Plus d'une fois ſur vos tombeaux.
Le Vieillard eut raiſon: l'un des trois Jouvenceaux
Se noya dès le port allant à l'Amérique.
L'autre, afin de monter aux grandes dignités,

Dans les emplois de Mars servant la république,
Par un coup imprévû vit ses jours emportés.
      Le troisiéme tomba d'un arbre
      Que lui-même il voulut enter;
Et, pleurés du Vieillard, il grava sur leur marbre
      Ce que je viens de raconter.

(*Fable CCXII.*)

LES SOURIS ET LE CHAT-HUANT. Fable CCXIII.

FABLE IX.

LES SOURIS ET LE CHAT-HUANT.

IL ne faut jamais dire aux gens,
Écoutez un bon mot, oyez une merveille.
    Sçavez-vous si les écoutans
En feront une eftime à la vôtre pareille?
Voici pourtant un cas qui peut être excepté;
Je le maintiens prodige, & tel que d'une fable
Il a l'air & les traits, encor que véritable.
On abattit un pin pour fon antiquité,
Vieux palais d'un Hibou, trifte & fombre retraite
De l'oifeau qu'Atropos prend pour fon interprete,
Dans fon tronc caverneux & miné par le temps,
    Logeoient, entre autres habitans,
Force Souris fans pieds, toutes rondes de graiffe.
L'oifeau les nourriffoit parmi des tas de blé,
Et de fon bec avoit leur troupeau mutilé;
Cet oifeau raifonnoit, il faut qu'on le confeffe.
En fon temps, aux Souris le compagnon chaffa.
Les premieres qu'il prit, du logis échappées,
Pour y remédier, le drôle eftropia
Tout ce qu'il prit enfuite; & leurs jambes coupées
Firent qu'il les mangeoit à fa commodité,
    Aujourd'hui l'une, & demain l'autre.
Tout manger à la fois, l'impoffibilité
S'y trouvoit, joint auffi le foin de fa fanté.
Sa prévoyance alloit auffi loin que la nôtre:
    Elle alloit jufqu'à leur porter
    Vivres & grains pour fubfifter.
    Puis qu'un Cartéfien s'obftine
A traiter ce Hibou de montre, & de machine!
    Quel reffort lui pouvoit donner

Le conseil de tronquer un peuple mis en mue?
      Si ce n'est pas là raisonner,
      La raison m'est chose inconnue.
      Voyez que d'argumens il fit!
      Quand ce peuple est pris, il s'enfuit:
Donc il faut le croquer aussi-tôt qu'on le happe.
Tout? il est impossible. Et puis, pour le besoin
N'en dois-je pas garder? donc il faut avoir soin
      De le nourrir sans qu'il échappe.
Mais comment? ôtons-lui les pieds. Or trouvez-moi
Chose, par les humains, à sa fin mieux conduite!
Quel autre art de penser Aristote & sa suite
      Enseignent-ils, par votre foi? *

* Ceci n'est point une fable; & la chose, quoique merveilleuse & presque incroyable, est véritable-
ment arrivée. J'ai peut-être porté trop loin la prévoyance de ce Hibou; car je ne prétends pas établir
dans les bêtes un progrès de raisonnement tel que celui-ci: mais ces exagérations font permises à
la poésie, sur-tout dans la maniere d'écrire dont je me sers.

(Fable CCXIII.)

ÉPILOGUE.

C'eſt ainſi que ma muſe, aux bords d'une onde pure,
 Traduiſoit en langue des dieux
 Tout ce que diſent ſous les cieux
Tant d'êtres empruntans la voix de la nature.
 Truchement de peuples divers,
Je les faiſois ſervir d'acteurs en mon ouvrage;
 Car tout parle dans l'univers:
 Il n'eſt rien qui n'ait ſon langage.
Plus éloquens chez eux qu'ils ne ſont dans mes vers,
Si ceux que j'introduis me trouvent peu fidéle;
Si mon œuvre n'eſt pas un aſſez bon modéle,
 J'ai du moins ouvert le chemin:
D'autres pourront y mettre une derniere main.
Favoris des neuf Sœurs, achevez l'entrepriſe:
Donnez mainte leçon que j'ai ſans doute omiſe:
Sous ces inventions il faut l'envelopper:
Mais vous n'avez que trop de quoi vous occuper.
Pendant le doux emploi de ma muſe innocente,
Louis domte l'Europe; & d'une main puiſſante,
Il conduit à leur fin les plus nobles projets
 Qu'ait jamais formés un Monarque.
Favoris des neuf Sœurs, ce ſont là des ſujets
 Vainqueurs du temps & de la parque.

Fin du onziéme Livre.

FABLES

CHOISIES.

LIVRE DOUZIEME.

A MONSEIGNEUR
LE DUC
DE BOURGOGNE.

MONSEIGNEUR,

Je ne puis employer pour mes Fables, de protection qui me soit plus glorieuse que la vôtre. Ce goût exquis, & ce jugement si solide que vous faites paroître dans toutes choses au-delà d'un âge où à peine les autres Princes sont-ils touchés de ce qui les environne avec le plus d'éclat; tout cela joint au devoir de vous obéir & à la passion de vous plaire, m'a obligé de vous présenter un ouvrage dont l'original a été l'admiration de tous les siécles, aussi-bien que celle de tous les sages. Vous m'avez même ordonné de continuer; & si vous me permettez de le dire, il y a des sujets dont je vous suis redevable, & où vous avez jetté des graces qui ont été admirées de tout le monde. Nous n'avons plus besoin de consulter ni Apollon, ni les Muses, ni aucunes des Divinités du Parnasse. Elles se rencontrent dans les présens que vous a faits la nature, & dans cette science de bien juger des ouvrages de l'esprit, à quoi vous joignez déja celle de connoître toutes les régles qui y conviennent. Les Fables d'Esope sont une ample matiere pour ces talens. Elles embrassent toutes sortes d'événemens & de caracteres. Ces mensonges sont proprement une maniere d'histoire, où on ne flatte personne. Ce ne sont pas choses de peu d'importance que ces sujets.

Tome IV.   S

Les animaux font les précepteurs des hommes dans mon ouvrage.
Je ne m'étendrai pas davantage là-dessus : vous voyez mieux que
moi le profit qu'on en peut tirer. Si vous vous connoissez mainte-
nant en orateurs & en poëtes, vous vous connoîtrez encore mieux
quelque jour en bons politiques, & en bons généraux d'armée ; &
vous vous tromperez aussi peu au choix des personnes, qu'au mé-
rite des actions. Je ne suis pas d'un âge à espérer d'en être témoin.
Il faut que je me contente de travailler sous vos ordres. L'envie
de vous plaire me tiendra lieu d'une imagination que les ans ont
affoiblie. Quand vous souhaiterez quelque fable, je la trouverai
dans ce fonds-là. Je voudrois bien que vous y puissiez trouver des
louanges dignes du Monarque qui fait maintenant le destin de tant
de peuples & de nations, & qui rend toutes les parties du monde
attentives à ses conquêtes, à ses victoires, & à la paix qui sem-
ble se rapprocher, & dont il impose les conditions avec toute la mo-
dération que peuvent souhaiter nos ennemis. Je me le figure comme
un conquérant qui veut mettre des bornes à sa gloire & à sa puis-
sance, & de qui on pourroit dire à meilleur titre, qu'on ne l'a dit
d'Alexandre, qu'il va tenir les états de l'univers, en obligeant
les ministres de tant de princes de s'assembler, pour terminer une
guerre qui ne peut être que ruineuse à leurs maîtres. Ce sont des
sujets au-dessus de nos paroles : je les laisse à de meilleures plumes
que la mienne ; & suis avec un profond respect,

MONSEIGNEUR,

Votre très-humble, très-obéissant
& très-fidele serviteur.
DE LA FONTAINE.

FABLE I.

LES COMPAGNONS D'ULYSSE.

A MONSEIGNEUR LE DUC DE BOURGOGNE.

Prince, l'unique objet du soin des immortels,
Souffrez que mon encens parfume vos autels.
Je vous offre un peu tard ces présens de ma muse:
Les ans & les travaux me serviront d'excuse.
Mon esprit diminue; au lieu qu'à chaque instant,
On apperçoit le vôtre aller en augmentant.
Il ne va pas, il court, il semble avoir des aîles:
Le Héros dont il tient des qualités si belles,
Dans le métier de Mars brûle d'en faire autant:
Il ne tient pas à lui, que forçant la victoire,
     Il ne marche à pas de géant
     Dans la carriere de la gloire.
Quelque Dieu le retient, (c'est notre Souverain),
Lui, qu'un mois a rendu maître & vainqueur du rhin.
Cette rapidité fut alors nécessaire:
Peut-être elle seroit aujourd'hui téméraire.
Je m'en tais: aussi-bien les ris & les amours
Ne sont pas soupçonnés d'aimer les longs discours.
De ces sortes de dieux votre cour se compose,
Ils ne vous quittent point. Ce n'est pas qu'après tout
D'autres divinités n'y tiennent le haut bout:
Le sens & la raison y réglent toute chose.
Consultez ces derniers sur un fait où les Grecs,
     Imprudens & peu circonspects,
     S'abandonnerent à des charmes
Qui métamorphosoient en bêtes les humains.

Les Compagnons d'Ulysse, après dix ans d'alarmes,

Erroient au gré du vent, de leur fort incertains.
    Ils aborderent un rivage
    Où la fille du dieu du jour,
    Circé, tenoit alors fa cour.
    Elle leur fit prendre un breuvage
Délicieux, mais plein d'un funeste poison.
    D'abord ils perdent la raison:
Quelques momens après leur corps & leur visage,
Prennent l'air & les traits d'animaux différens.
Les voilà devenus ours, lions, éléphans;
    Les uns sous une masse énorme,
    Les autres sous une autre forme:
Il s'en vit de petits, *exemplum ut talpa*:
    Le seul Ulysse en échappa.
Il sçut se défier de la liqueur traîtresse.
    Comme il joignoit à la sagesse
La mine d'un héros & le doux entretien,
    Il fit tant que l'enchanteresse
Prit un autre poison peu différent du sien.
Une déesse dit tout ce qu'elle a dans l'ame:
    Celle-ci déclara sa flamme.
Ulysse étoit trop fin pour ne pas profiter
    D'une pareille conjoncture:
Il obtint qu'on rendroit à ses Grecs leur figure.
Mais la voudront-ils bien, dit la nymphe, accepter?
Allez le proposer de ce pas à la troupe.
Ulysse y court, & dit: l'empoisonneuse coupe
A son remede encore, & je viens vous l'offrir:
Chers amis, voulez-vous hommes redevenir?
    On vous rend déjà la parole.
    Le lion dit, pensant rugir,
    Je n'ai pas la tête si folle.
Moi renoncer aux dons que je viens d'acquérir!
J'ai griffe & dent, & mets en piéces qui m'attaque:
Je suis roi, deviendrai-je un citadin d'Itaque?

Tu me rendras, peut-être, encor fimple foldat?
    Je ne veux point changer d'état.
Ulyffe, du lion court à l'ours: eh! mon frere,
Comme te voilà fait! je t'ai vû fi joli.
        Ah! vraiment, nous y voici,
        Reprit l'ours à fa maniere;
Comme me voilà fait! comme doit être un ours.
Qui ta dit qu'une forme eft plus belle qu'une autre?
    Eft-ce à la tienne à juger de la nôtre?
Je m'en rapporte aux yeux d'une ourfe mes amours.
Te déplais-je? va-t-en, fuis ta route & me laiffe:
Je vis libre, content, fans nul foin qui me preffe;
        Et te dis, tout net & tout plat,
        Je ne veux point changer d'état.
Le Prince Grec au loup va propofer l'affaire:
Il lui dit, au hazard d'un femblable refus:
        Camarade, je fuis confus
        Qu'une jeune & belle bergere
    Conte aux échos les appétits gloutons
    Qui t'ont fait manger fes moutons.
Autrefois on t'eût vû fauver fa bergerie:
        Tu menois une honnête vie.
        Quitte ces bois, & redevien,
        Au lieu de loup, homme de bien.
En eft-il, dit le loup? pour moi, je n'en vois guere.
Tu t'en viens me traiter de bête carnaffiere:
Toi, qui parles, qu'eft-tu? n'auriez-vous pas fans moi
Mangé ces animaux que plaint tout le village?
        Si j'étois homme, par ta foi,
        Aimerois-je moins le carnage?
Pour un mot, quelquefois, vous vous étranglez tous;
Ne vous êtes-vous pas l'un à l'autre des loups?
Tout bien confidéré, je te foutiens en fomme,
        Que fcélérat pour fçélérat,
        Il vaut mieux être un loup qu'un homme;
Tome IV.   T

Je ne veux point changer d'état.
Ulyffe fit à tous une même femonce :
   Chacun d'eux fit même réponfe,
   Autant le grand que le petit.
La liberté, les bois, fuivre leur appétit,
   C'étoit leurs délices fuprêmes :
Tous renonçoient au lôs des belles actions.
Ils croyoient s'affranchir, fuivant leurs paffions,
   Ils étoient efclaves d'eux mêmes.

Prince, j'aurois voulu vous choifir un fujet
Où je puffe mêler le plaifant à l'utile :
   C'étoit fans doute un beau projet,
   Si ce choix eût été facile.
Les Compagnons d'Ulyffe enfin fe font offerts :
Ils ont force pareils en ce bas univers,
   Gens à qui j'impofe pour peine
   Votre cenfure & votre haine.

(*Fable CCXIV.*)

LE CHAT ET LES DEUX MOINEAUX. Fable CCXV.

FABLE II.

LE CHAT ET LES DEUX MOINEAUX.

A MONSEIGNEUR LE DUC DE BOURGOGNE.

Un Chat, contemporain d'un fort jeune Moineau,
Fut logé près de lui dès l'âge du berceau.
La cage & le panier avoient mêmes pénates.
Le Chat étoit souvent agacé par l'Oiseau;
L'un s'escrimoit du bec, l'autre jouoit des pattes.
Ce dernier, toutefois, épargnoit son ami,
    Ne le corrigeant qu'à demi.
    Il se fût fait un grand scrupule
    D'armer de pointes sa férule.
    Le Passereau moins circonspect,
    Lui donnoit force coups de bec:
    En sage & discrete personne,
    Maître Chat excusoit ses jeux.
Entre amis il ne faut jamais qu'on s'abandonne
    Aux traits d'un courroux sérieux.
Comme ils se connoissoient tous deux dès leur bas âge,
Une longue habitude en paix les maintenoit;
Jamais en vrai combat le jeu ne se tournoit.
    Quand un Moineau du voisinage
S'en vint les visiter, & se fit compagnon
Du pétulant Pierrot, & du sage Raton.
Entre les deux Oiseaux il arriva querelle:
    Et Raton de prendre parti.
Cet inconnu, dit-il, nous la vient donner belle
    D'insulter ainsi notre ami;
Le Moineau du voisin viendra manger le nôtre?
Non, de par tous les chats. Entrant lors au combat,
Il croque l'étranger: vraiment, dit notre Chat,

Les Moineaux ont un goût exquis & délicat.
Cette réflexion fit auffi croquer l'autre.

Quelle morale puis-je inférer de ce fait?
Sans cela, toute fable eft un œuvre imparfait.
J'en crois voir quelques traits, mais leur ombre m'abufe.
Prince, vous les aurez incontinent trouvez:
Ce font des jeux pour vous, & non point pour ma mufe:
Elle & fes fœurs n'ont pas l'efprit que vous avez.

(Fable ccxv.)

LE THESAURISEUR ET LE SINGE. Fable CCXVI.

J.B.Oudry inv.	P. Martenasie sculp.

FABLE III.

DU THÉSAURISEUR ET DU SINGE.

Un homme accumuloit. On sçait que cette erreur
      Va souvent jusqu'à la fureur.
Celui-ci ne songeoit que ducats & pistoles.
Quand ces biens sont oisifs, je tiens qu'ils sont frivoles.
      Pour sûreté de son trésor,
Notre Avare habitoit un lieu dont Amphitrite
Défendoit aux voleurs de toutes parts l'abord.
Là, d'une volupté, selon moi, fort petite,
Et selon lui fort grande, il entassoit toujours.
      Il passoit les nuits & les jours
A compter, calculer, supputer sans relâche ;
Calculant, supputant, comptant comme à la tâche,
Car il trouvoit toujours du mécompte à son fait.
Un gros Singe plus sage, à mon sens, que son Maître,
Jettoit quelques doublons toujours par la fenêtre,
      Et rendoit le compte imparfait.
      La chambre bien cadenassée,
Permettoit de laisser l'argent sur le comptoir.
Un beau jour Dom-Bertrand se mit dans la pensée
D'en faire un sacrifice au liquide manoir.
      Quant à moi, lorsque je compare
Les plaisirs de ce Singe à ceux de cet Avare,
Je ne sçais bonnement auquel donner le prix.
Dom-Bertrand gagneroit près de certains esprits :
Les raisons en seroient trop longues à déduire.
Un jour donc l'animal, qui ne songeoit qu'à nuire,
Détachoit du monceau tantôt quelque doublon,
      Un jacobus, un ducaton,
      Et puis quelque noble à la rose,
Éprouvoit son adresse & sa force à jetter
  Tome IV.   **V**

Ces morceaux de métal qui fe font fouhaiter
　　　　Par les humains, fur toute chofe.
S'il n'avoit entendu fon Compteur à la fin
　　　　Mettre la clef dans la ferrure,
Les ducats auroient tous pris le même chemin,
　　　　Et couru la même aventure.
Il les auroit fait tous voler jufqu'au dernier
Dans le gouffre enrichi par maint & maint naufrage.

Dieu veuille préferver maint & maint financier
　　　　Qui n'en fait pas meilleur ufage.

(*Fable* CCXVI.)

LES DEUX CHÈVRES. Fable CCXVII

FABLE IV.

Les deux Chévres.

Dès que les Chévres ont brouté,
    Certain efprit de liberté
Leur fait chercher fortune : elles vont en voyage
    Vers les endroits du pâturage
    Les moins fréquentés des humains.
Là, s'il eft quelque lieu fans route & fans chemins,
Un rocher, quelque mont pendant en précipices,
C'eft où ces Dames vont promener leurs caprices :
Rien ne peut arrêter cet animal grimpant.
    Deux Chévres donc s'émancipant,
    Toutes deux ayant patte blanche,
Quitterent les bas prés, chacune de fa part.
L'une vers l'autre alloit pour quelque bon hafard.
Un ruiffeau fe rencontre, & pour pont une planche :
Deux belettes à peine auroient paffé de front
            Sur ce pont :
D'ailleurs, l'onde rapide & le ruiffeau profond
Devoient faire trembler de peur ces Amazones.
Malgré tant de dangers, l'une de ces perfonnes
Pofe un pied fur la planche, & l'autre en fait autant.
Je m'imagine voir, avec Louis le Grand,
        Philippe quatre qui s'avance
        Dans l'ifle de la Conférence.
        Ainfi s'avançoient pas à pas,
        Nez à nez nos Avanturiéres,
        Qui toutes deux étant fort fiéres,
Vers le milieu du pont ne fe voulurent pas
L'une à l'autre céder. Elles avoient la gloire
De compter dans leur race (à ce que dit l'hiftoire)
L'une, certaine Chévre au mérite fans pair,

Dont Polyphême fit préfent à Galathée;
    Et l'autre, la Chévre Amalthée
    Par qui fut nourri Jupiter.
Faute de reculer, leur chûte fut commune:
    Toutes deux tomberent dans l'eau.
    Cet accident n'eft pas nouveau
    Dans le chemin de la fortune.

(*Fable CCXVII.*)

A MONSEIGNEUR

LE DUC DE BOURGOGNE,

Qui avoit demandé à M. De la Fontaine une Fable qui fût nommée
LE CHAT ET LA SOURIS.

Pour plaire au jeune Prince à qui la renommée
   Deftine un temple en mes écrits,
Comment compoferai-je une fable nommée
   Le Chat & la Souris?

Dois-je repréfenter dans ces vers une belle,
Qui douce en apparence, & toutefois cruelle,
Va fe jouant des cœurs que fes charmes ont pris,
   Comme le Chat de la Souris?

Prendrai-je pour fujet les jeux de la fortune?
Rien ne lui convient mieux; & c'eft chofe commune
Que de lui voir traiter ceux qu'on croit fes amis,
   Comme le Chat fait la Souris.

Introduirai-je un roi, qu'entre fes favoris
Elle refpecte feul, roi, qui fixe fa roue,
Qui n'eft point empêché d'un monde d'ennemis;
Et qui, des plus puiffans, quand il lui plaît, fe joue
   Comme le Chat de la Souris?

Mais infenfiblement, dans le tour que j'ai pris,
Mon deffein fe rencontre; & fi je ne m'abufe,
Je pourrois tout gâter par de plus longs récits.
Le jeune Prince alors fe joûroit de ma mufe
   Comme le Chat de la Souris.

FABLE V.

LE VIEUX CHAT ET LA JEUNE SOURIS.

Une jeune Souris de peu d'expérience,
Crut fléchir un vieux Chat implorant sa clémence,
Et payant de raisons le Rominagrobis.
        Laissez-moi vivre : une Souris
        De ma taille & de ma dépense
        Est-elle à charge en ce logis ?
        Affamerois-je, à votre avis,
        L'hôte, l'hôtesse, & tout leur monde ?
        D'un grain de bled je me nourris :
        Une noix me rend toute ronde.
A présent je suis maigre : attendez quelque temps.
Réservez ce repas à messieurs vos enfans.
Ainsi parloit au Chat la Souris attrapée.
        L'autre lui dit : tu t'es trompée.
Est-ce à moi que l'on tient de semblables discours ?
Tu gagnerois autant de parler à des sourds.
Chat & vieux pardonner ? cela n'arrive guéres.
        Selon ces loix, descens là-bas,
        Meurs, & va-t'en tout de ce pas
        Haranguer les sœurs filandiéres.
Mes enfans trouveront assez d'autres repas.
        Il tint parole. Et pour ma fable,
Voici le sens moral qui peut y convenir.
La jeunesse se flatte & croit tout obtenir :
        La vieillesse est impitoyable.

(*Fable CCXVIII.*)

LE VIEUX CHAT ET LA JEUNE SOURIS . Fable CCXVIII .

J.B. Oudry inv.   Teucher sculp.

FABLE VI.

LE CERF
MALADE.

FABLE VI.

LE CERF MALADE.

En pays plein de Cerfs, un Cerf tomba malade.
 Incontinent maint camarade
Accourt à son grabat le voir, le secourir,
Le consoler du moins: multitude importune.
  Eh! messieurs, laissez-moi mourir:
  Permettez qu'en forme commune,
La parque m'expédie, & finissez vos pleurs.
  Point du tout: les consolateurs
De ce triste devoir tout au long s'acquitterent;
  Quand il plut à Dieu s'en allerent:
  Ce ne fut pas sans boire un coup
C'est-à-dire sans prendre un droit de pâturage.
Tout se mit à brouter les bois du voisinage.
La pitance du Cerf en déchut de beaucoup.
  Il ne trouva plus rien à frire:
  D'un mal, il tomba dans un pire;
  Et se vit réduit à la fin
  A jeûner & mourir de faim.

  Il en coûte à qui vous réclame,
  Médecins du corps & de l'ame.
  O temps, ô mœurs! j'ai beau crier,
  Tout le monde se fait payer,

(*Fable* CCXIX.)

LE CERF MALADE. Fab. CCXIX.

LA CHAUVE-SOURIS, LE BUISSON ET LE CANARD. Fable CCXX.

FABLE VII.

LA CHAUVE-SOURIS, LE BUISSON ET LE CANARD.

Le Buisson, le Canard & la Chauve-Souris,
    Voyant tous trois qu'en leur pays
    Ils faisoient petite fortune,
Vont trafiquer au loin, & font bourse commune.
Ils avoient des comptoirs, des facteurs, des agens,
    Non moins soigneux qu'intelligens,
Des registres exacts de mise & de recette.
    Tout alloit bien, quand leur emplette,
    En passant par certains endroits
    Remplis d'écueils, & fort étroits,
    Et de trajet très-difficile,
Alla toute emballée au fond des magasins,
    Qui du Tartare sont voisins.
Notre trio poussa maint regret inutile,
    Ou plustôt il n'en poussa point.
Le plus petit marchand est sçavant sur ce point:
Pour sauver son crédit il faut cacher sa perte.
Celle que par malheur nos gens avoient soufferte,
Ne put se réparer: le cas fut découvert.
Les voila sans crédit, sans argent, sans ressource,
    Prêts à porter le bonnet vert.
    Aucun ne leur ouvrit sa bourse,
Et le sort principal, & les gros intérêts,
    Et les sergens, & les procès,
    Et le créancier à la porte,
    Dès devant la pointe du jour,
N'occupoient le trio qu'à chercher maint détour,
    Pour contenter cette cohorte.
Le Buisson accrochoit les passans à tous coups:
Messieurs, leur disoit-il, de grace, apprenez-nous

En quel lieu font les marchandifes
Que certains gouffres nous ont prifes?
Le Plongeon, fous les eaux s'en alloit les chercher.
L'oifeau Chauve-Souris n'ofoit plus approcher,
Pendant le jour, nulle demeure:
Suivi des fergens à toute heure,
En des trous il s'alloit cacher.

Je connois maint detteur, qui n'eft ni Souris-chauve,
Ni Buiffon, ni Canard, ni dans tel cas tombé,
Mais fimple grand feigneur, qui tous les jours fe fauve
Par un efcalier dérobé.

(*Fable ccxx.*)

LA QUERELLE DES CHIENS ET DES CHATS ET CELLE DES CHATS ET DES SOURIS Fab. CXXI. 271

J.B.Oudry inv.   B.N.   Leuchir sculp.

LA QUERELLE DES CHIENS ET DES CHATS ET CELLE DES CHATS ET DES SOURIS. Fab. 171

FABLE VIII.

LA QUERELLE DES CHIENS ET DES CHATS,
ET CELLE DES CHATS ET DES SOURIS.

La discorde a toujours régné dans l'univers ;
Notre monde en fournit mille exemples divers.
Chez nous cette déesse a plus d'un tributaire.
    Commençons par les Élémens :
Vous serez étonné de voir qu'à tous momens
    Ils feront appointés contraire.
    Outre ces quatre potentats,
    Combien d'êtres de tous états
    Se font une guerre éternelle ?

Autrefois un logis plein de Chiens & de Chats,
Par cent arrêts rendus en forme solemnelle,
    Vit terminer tous leurs débats.
Le maître ayant réglé leurs emplois, leurs repas,
Et menacé du fouet quiconque auroit querelle,
Ces animaux vivoient entr'eux comme cousins :
Cette union si douce, & presque fraternelle,
    Édifioit tous les voisins.
Enfin elle cessa. Quelque plat de potage,
Quelque os, par préférence, à quelqu'un d'eux donné,
Fit que l'autre parti s'en vint tout forcené
    Représenter un tel outrage.
J'ai vû des croniqueurs attribuer le cas
Aux passe-droits qu'avoit une Chienne en gésine ;
    Quoi qu'il en soit, cet altercas
Mit en combustion la salle & la cuisine :
Chacun se déclara pour son Chat, pour son Chien.
On fit un réglement dont les Chats se plaignirent,
    Et tout le quartier étourdirent.

Leur Avocat difoit, qu'il falloit bel & bien
Recourir aux arrêts. En vain ils les chercherent.
Dans un coin où d'abord leurs agens les cacherent,
   Les Souris enfin les mangerent.
Autre procès nouveau : le peuple Souriquois
En pâtit. Maint vieux Chat, fin, fubtil & narquois,
Et d'ailleurs en voulant à toute cette race,
   Les guetta, les prit, fit main baffe.
Le maître du logis ne s'en trouva que mieux.

J'en reviens à mon dire. On ne voit fous les cieux
Nul animal, nul être, aucune créature
Qui n'ait fon oppofé : c'eft la loi de nature.
D'en chercher la raifon, ce font foins fuperflus.
Dieu fit bien ce qu'il fit, & je n'en fçais pas plus.
   Ce que je fçais, c'eft qu'aux groffes paroles
On en vient, fur un rien, plus des trois quarts du temps.
Humains, il vous faudroit encore à foixante ans
   Renvoyer chez les Barbacoles.

(*Fable* ccxxi.)

FABLE IX.
LE LOUP
ET
LE RENARD.

FABLE IX.

LE LOUP ET LE RENARD.

D'où vient que perfonne en la vie
N'eft fatisfait de fon état?
Tel voudroit bien être foldat,
A qui le foldat porte envie.

Certain Renard voulut, dit-on,
Se faire Loup. Hé, qui peut dire
Que pour le métier de mouton
Jamais aucun Loup ne foupire?

Ce qui m'étonne eft qu'à huit ans,
Un Prince en fable ait mis la chofe,
Pendant que fous mes cheveux blancs
Je fabrique à force de temps
Des vers moins fenfés que fa profe.

Les traits dans fa fable femés,
Ne font en l'ouvrage du poëte,
Ni tous, ni fi bien exprimés.
Sa louange en eft plus complette.

De la chanter fur la mufette
C'eft mon talent; mais je m'attens,
Que mon Héros, dans peu de temps,
Me fera prendre la trompette.

Je ne fuis pas un grand prophete,
Cependant je lis dans les cieux,
Que bientôt fes faits glorieux
Demanderont plufieurs Homeres;

LE LOUP ET LE RENARD. Fable XXII.

J.B. Oudry inv.   P. Floding sculp.

LE LOUP ET LE RENARD, Fable CCXXII. 2.e Planche.

Et ce temps-ci n'en produit gueres.

Laiſſant à part tous ces myſteres,
Eſſayons de conter la fable avec ſuccès.

Le Renard dit au Loup: notre cher, pour tous mets
J'ai ſouvent un vieux coq, ou de maigres poulets:
　　C'eſt une viande qui me laſſe.
Tu fais meilleure chére avec moins de haſard.
J'approche des maiſons: tu te tiens à l'écart.
Apprens-moi ton métier, camarade, de grace:
　　Rends-moi le premier de ma race
Qui fourniſſe ſon croc de quelque mouton gras,
Tu ne me mettras point au nombre des ingrats.
Je le veux, dit le Loup: il m'eſt mort un mien frere,
Allons prendre ſa peau, tu t'en revêtiras.
Il vint, & le Loup dit: voici comme il faut faire,
Si tu veux écarter les mâtins du troupeau.
　　Le Renard ayant mis la peau,
Répétoit les leçons que lui donnoit ſon maître.
D'abord il s'y prit mal, puis un peu mieux, puis bien:
　　Puis enfin il n'y manqua rien.
A peine il fut inſtruit autant qu'il pouvoit l'être,
Qu'un troupeau s'approcha. Le nouveau Loup y court,
Et répand la terreur dans les lieux d'alentour.
　　Tel vêtu des armes d'Achille,
Patrocle mit l'alarme au camp & dans la ville:
Meres, brus & vieillards au temple couroient tous.
L'oſt du peuple bêlant crut voir cinquante Loups:
Chien, berger & troupeau, tout fuit vers le village,
Et laiſſe ſeulement une brebis pour gage.
Le larron s'en ſaiſit. A quelque pas de là
Il entendit chanter un coq du voiſinage.
Le diſciple auſſi-tôt droit au coq s'en alla,
　　Jettant bas ſa robe de claſſe,

Oubliant les brebis, les leçons, le régent,
Et courant d'un pas diligent.

Que fert-il qu'on fe contrefaffe?
Prétendre ainfi changer, eft une illufion:
L'on reprend fa première trace
A la première occafion.

De votre efprit, que nul autre n'égale,
Prince, ma mufe tient tout entier ce projet.
Vous m'avez donné le fujet,
Le dialogue & la morale.

(*Fable CCXXII.*)

FABLE X.

L'ECREVISSE

ET

SA FILLE.

FABLE X.

L'ÉCREVISSE ET SA FILLE.

Les Sages quelquefois, ainsi que l'Écreviffe,
Marchent à reculons, tournent le dos au port.
C'eft l'art des matelots : c'eft auffi l'artifice
De ceux qui pour couvrir quelque puiffant effort,
Envifagent un point directement contraire,
Et font, vers ce lieu-là, courir leur adverfaire.
Mon fujet eft petit, cet acceffoire eft grand.
Je pourrois l'appliquer à certain Conquérant,
Qui tout feul déconcerte une ligue à cent têtes.
Ce qu'il n'entreprend pas, & ce qu'il entreprend,
N'eft d'abord qu'un fecret, puis devient des conquêtes.
En vain on a les yeux fur ce qu'il veut cacher,
Ce font arrêts du fort qu'on ne peut empêcher,
Le torrent, à la fin, devient infurmontable.
Cent dieux font impuiffans contre un feul Jupiter.
Louis & le deftin me femblent, de concert,
Entraîner l'univers. Venons à notre fable.

Mere Écreviffe un jour à fa fille difoit :
Comme tu vas, bon dieu ! ne peux-tu marcher droit ?
Et comme vous allez vous-même ! dit la Fille :
Puis-je autrement marcher que ne fait ma famille ?
Veut-on que j'aille droit quand on y va tortu ?
  Elle avoit raifon ; la vertu
  De tout exemple domeftique
  Eft univerfelle, & s'applique
En bien, en mal, en tout ; fait des fages, des fots ;
Beaucoup plus de ceux-ci. Quant à tourner le dos
A fon but, j'y reviens, la méthode en eft bonne,
  Sur-tout au métier de Bellone :
  Mais il faut le faire à propos. (*Fable* CCXXIII.)

L'ECREVISSE ET SA FILLE. Fable CCXXIII.

FABLE XI.

L'AIGLE

ET

LA PIE.

FABLE XI.

L'Aigle et la Pie.

L'Aigle, reine des airs, avec Margot la Pie,
Différentes d'humeur, de langage & d'esprit,
Et d'habit,
Traversoient un bout de prairie.
Le hasard les assemble en un coin détourné.
L'Agasse eut peur : mais l'Aigle ayant fort bien dîné
La rassure, & lui dit : allons de compagnie.
Si le maître des dieux assez souvent s'ennuie,
Lui, qui gouverne l'univers,
J'en puis bien faire autant, moi, qu'on sçait qui le sers.
Entretenez-moi donc, & sans cérémonie.
Caquet bon bec alors de jaser au plus drû :
Sur ceci, sur cela, sur tout. L'homme d'Horace
Disant le bien, le mal à travers champs, n'eût sçu
Ce qu'en fait de babil y sçavoit notre Agasse.
Elle offre d'avertir de tout ce qui se passe,
Sautant, allant de place en place,
Bon espion, dieu sçait. Son offre ayant déplu,
L'Aigle lui dit tout en colere :
Ne quittez point votre séjour,
Caquet bon bec, ma mie : adieu, je n'ai que faire
D'une babillarde à ma cour :
C'est un fort méchant caractere.
Margot ne demandoit pas mieux.
Ce n'est pas ce qu'on croit, que d'entrer chez les dieux :
Cet honneur a souvent de mortelles angoisses.
Rediseurs, espions, gens à l'air gracieux,
Au cœur tout différent, s'y rendent odieux ;
Quoiqu'ainsi que la Pie, il faille dans ces lieux
Porter habit de deux paroisses.

(*Fable CCXXIV.*)

L'AIGLE ET LA PIE. Fable CCXXIV.

LE ROY LE MILAN ET LE CHASSEUR. Fable CCXXV. 2.º Planche.

LE ROY, LE MILAN ET LE CHASSEUR ... *à Mr le Prince de Conty.* Fable CCXXV.

FABLE XII.

LE ROI, LE MILAN, ET LE CHASSEUR.

A SON ALTESSE SERENISSIME MONSEIGNEUR
LE PRINCE DE CONTI.

Comme les dieux font bons, ils veulent que les rois
    Le foient auffi : c'eft l'indulgence
    Qui fait le plus beau de leurs droits,
    Non les douceurs de la vengeance.
Prince, c'eft votre avis. On fçait que le courroux
S'éteint en votre cœur fi-tôt qu'on l'y voit naître.
Achille, qui du fien ne put fe rendre maître,
    Fut par là moins héros que vous.
Ce titre n'appartient qu'à ceux d'entre les hommes,
Qui, comme en l'âge d'or, font cent biens ici-bas.
Peu de grands font nés tels en cet âge où nous fommes.
L'univers leur fçait gré du mal qu'ils ne font pas.
    Loin que vous fuiviez ces exemples,
Mille actes généreux vous promettent des temples.
Apollon, citoyen de ces auguftes lieux,
Prétend y célébrer votre nom fur fa lyre.
Je fçais qu'on vous attend dans le palais des dieux :
Un fiécle de féjour ici doit vous fuffire.
Hymen veut féjourner tout un fiécle chez vous.
    Puiffent fes plaifirs les plus doux
    Vous compofer des deftinées
    Par ce temps à peine bornées !
Et la Princeffe & vous, n'en méritez pas moins ;
    J'en prends fes charmes pour témoins :
    Pour témoins j'en prends les merveilles
Par qui le ciel, pour vous prodigue en fes préfens,
De qualités qui n'ont qu'en vous feul leurs pareilles,

Tome IV.   B b

Voulut orner vos jeunes ans.
BOURBON de fon efprit fes graces affaifonne.
　　　Le ciel joignit en fa perfonne
　　　Ce qui fçait fe faire eftimer,
　　　A ce qui fçait fe faire aimer.
Il ne m'appartient pas d'étaler votre joie:
　　　Je me tais donc, & vais rimer
　　　Ce que fit un oifeau de proie.

Un Milan, de fon nid antique poffeffeur,
　　　Étant pris vif par un Chaffeur,
D'en faire au Prince un don cet homme fe propofe.
La rareté du fait donnoit prix à la chofe.
L'Oifeau par le Chaffeur humblement préfenté,
　　　Si ce conte n'eft apochryphe,
　　　Va tout droit imprimer fa griffe
　　　Sur le nez de fa Majefté.
Quoi, fur le nez du Roi? du Roi même en perfonne.
Il n'avoit donc alors ni fceptre ni couronne?
Quand il en auroit eu, ç'auroit été tout un.
Le nez royal fut pris pour un nez du commun.
Dire des courtifans les clameurs & la peine,
Seroit fe confumer en efforts impuiffans.
Le Roi n'éclata point: les cris font indécens
　　　A la Majefté fouveraine.
L'Oifeau garda fon pofte. On ne put feulement
　　　Hâter fon départ d'un moment.
Son Maître le rappelle, & crie, & fe tourmente,
Lui préfente le leurre, & le poing, mais en vain.
　　　On crut que jufqu'au lendemain
Le maudit animal à la ferre infolente,
　　　Nicheroit là malgré le bruit,
Et fur le nez facré voudroit paffer la nuit:
Tâcher de l'en tirer irritoit fon caprice.
Il quitte enfin le Roi, qui dit: laiffez aller

Ce Milan, & celui qui m'a cru régaler.
Ils fe font acquittés tous deux de leur office,
L'un en Milan, & l'autre en citoyen des bois.
Pour moi, qui fçais comment doivent agir les Rois,
    Je les affranchis du fupplice.
Et la cour d'admirer. Les courtifans ravis
Élevent de tels faits, par eux fi mal fuivis.
Bien peu, même des Rois, prendroient un tel modele,
    Et le Veneur l'échappa belle,
Coupable feulement, tant lui que l'animal,
D'ignorer le danger d'approcher trop du maître.
    Ils n'avoient appris à connoître
Que les hôtes des bois : étoit-ce un fi grand mal ?

Pilpay fait, près du Gange, arriver l'aventure.
    Là nulle humaine créature
Ne touche aux animaux pour leur fang épancher ;
Le Roi même feroit fcrupule d'y toucher.
Sçavons-nous, difent-ils, fi cet Oifeau de proie
    N'étoit point au fiége de Troie ?
Peut-être y tint-il lieu d'un prince ou d'un héros,
    Des plus hupés & des plus hauts.
Ce qu'il fut autrefois, il pourra l'être encore.
    Nous croyons après Pythagore,
Qu'avec les animaux de forme nous changeons,
    Tantôt milans, tantôt pigeons,
    Tantôt humains, puis volatilles
    Ayant dans les airs leurs familles.
    Comme l'on conte en deux façons
L'accident du Chaffeur, voici l'autre maniere.

Un certain Fauconnier ayant pris, ce dit-on,
A la chaffe un Milan, (ce qui n'arrive guere)
    En voulut au Roi faire un don,
    Comme de chofe finguliere.

Ce cas n'arrive pas quelquefois en cent ans,
C'eſt le *non plus ultrà* de la fauconnerie.
Ce Chaſſeur perce donc un gros de courtiſans,
Plein de zele, échauffé s'il le fut de ſa vie.
     Par ce parangon des préſens
     Il croyoit ſa fortune faite,
     Quand l'animal porte-ſonnette,
     Sauvage encor & tout groſſier,
     Avec ſes ongles tout d'acier,
Prend le nez du Chaſſeur, happe le pauvre ſire.
     Lui de crier, chacun de rire,
Monarque & courtiſans. Qui n'eût ri? quant à moi,
Je n'en euſſe quitté ma part pour un empire.
     Qu'un Pape rie, en bonne foi,
Je ne l'oſe aſſurer: mais je tiendrois un Roi
     Bien malheureux s'il n'oſoit rire:
C'eſt le plaiſir des dieux. Malgré ſon noir ſourci,
Jupiter, & le peuple immortel rit auſſi.
Il en fit des éclats, à ce que dit l'hiſtoire,
Quand Vulcain, clopinant, vint lui donner à boire.
Que le peuple immortel ſe montrât ſage ou non,
J'ai changé mon ſujet avec juſte raiſon;
     Car, puiſqu'il s'agit de morale,
Que nous eût du Chaſſeur l'aventure fatale
Enſeigné de nouveau? l'on a vû de tout temps
Plus de ſots Fauconniers, que de Rois indulgens.

FABLE XIII.

LE RENARD,

LES MOUCHES

ET

LE HÉRISSON.

FABLE XIII.

LE RENARD, LES MOUCHES ET LE HÉRISSON.

Aux traces de fon fang, un vieux hôte des bois,
  Renard fin, fubtil & matois,
Bleffé par des chaffeurs, & tombé dans la fange,
Autrefois attira ce parafite aîlé
  Que nous avons Mouche appellé.
Il accufoit les dieux, & trouvoit fort étrange
Que le fort à tel point le voulût affliger,
  Et le fît aux Mouches manger.
Quoi ! fe jetter fur moi, fur moi le plus habile
  De tous les hôtes des forêts ?
Depuis quand les Renards font-ils un fi bon mets ?
Et que me fert ma queue ? eft-ce un poids inutile ?
Va, le ciel te confonde, animal importun :
  Que ne vis-tu fur le commun ?
  Un Hériffon du voifinage,
  Dans mes vers nouveau perfonnage,
Voulut le délivrer de l'importunité
  Du peuple plein d'avidité.
Je les vais de mes dards enfiler par centaines,
Voifin Renard, dit-il, & terminer tes peines.
Garde-t-en bien, dit l'autre : ami, ne le fais pas :
Laiffe-les, je te prie, achever leur repas.
Ces animaux font faouls : une troupe nouvelle
Viendroit fondre fur moi, plus âpre & plus cruelle.

Nous ne trouvons que trop de mangeurs ici-bas :
Ceux-ci font courtifans, ceux-là font magiftrats.
Ariftote appliquoit cet apologue aux hommes.
  Les exemples en font communs,
  Sur-tout au pays où nous fommes.
Plus telles gens font pleins, moins ils font importuns.
      (*Fable CCXXVI.*)

LE RENARD LES MOUCHES ET LE HERISSON. Fable CCXXVII.

L'AMOUR ET LA FOLIE. Fable CCXXVII.

FABLE XIV.

L'Amour et la Folie.

Tout eſt myſtere dans l'Amour,
Ses fléches, ſon carquois, ſon flambeau, ſon enfance.
Ce n'eſt pas l'ouvrage d'un jour,
Que d'épuiſer cette ſcience.
Je ne prétens donc point tout expliquer ici.
Mon but eſt ſeulement de dire à ma maniere
Comment l'Aveugle que voici,
(C'eſt un dieu) comment, dis-je, il perdit la lumiere :
Quelle ſuite eut ce mal, qui peut-être eſt un bien.
J'en fais juge un amant, & ne décide rien.

La Folie & l'Amour jouoient un jour enſemble.
Celui-ci n'étoit pas encor privé des yeux.
Une diſpute vint : l'Amour veut qu'on aſſemble
Là-deſſus le conſeil des dieux.
L'autre n'eut pas la patience.
Elle lui donne un coup ſi furieux,
Qu'il en perd la clarté des cieux.
Venus en demande vengeance.
Femme & mere, il ſuffit pour juger de ſes cris :
Les dieux en furent étourdis,
Et Jupiter, & Néméſis,
Et les juges d'enfer, enfin toute la bande.
Elle repréſenta l'énormité du cas.
Son fils, ſans un bâton, ne pouvoit faire un pas.
Nulle peine n'étoit pour ce crime aſſez grande.
Le dommage devoit être auſſi réparé.
Quand on eut bien conſidéré
L'intérêt du public, celui de la partie,

Le réſultat enfin de la ſuprême cour
　　Fut de condamner la Folie
　　A ſervir de guide à l'Amour.

(*Fable CCXXVII.*)

FABLE XV.

LE CORBEAU,

LA GAZELLE, LA TORTUE

ET LE RAT.

FABLE XV.

Le Corbeau, la Gazelle, la Tortue et le Rat.

A Madame de la Sabliere.

Je vous gardois un temple dans mes vers:
Il n'eût fini qu'avecque l'univers.
Déja ma main en fondoit la durée
Sur ce bel art qu'ont les dieux inventé,
Et sur le nom de la Divinité
Que dans ce temple on auroit adorée:
Sur le portail j'aurois ces mots écrits;
Palais Sacré de la Déesse Iris,
Non celle-là qu'a Junon à ses gages;
Car Junon même, & le maître des dieux,
Serviroient l'autre, & seroient glorieux
Du seul honneur de porter ses messages.
L'apothéose à la voûte eût paru.
Là, tout l'Olympe en pompe eût été vû
Plaçant Iris sous un dais de lumiere.
Les murs auroient amplement contenu
Toute sa vie, agréable matiere,
Mais peu féconde en ces événemens
Qui des états font les renversemens.
Au fond du temple eût été son image,
Avec ses traits, son soûris, ses appas,
Son art de plaire & de n'y penser pas,
Ses agrémens à qui tout rend hommage.
J'aurois fait voir à ses pieds des mortels,
Et des héros, des demi-dieux encore,
Même des dieux: ce que le monde adore
Vient quelquefois parfumer ses autels.

LE CORBEAU, LA GAZELLE, LA TORTUE ET LE RAT. *IX.e Ala edition*, **Fable CCXXIII.**

J.B. Oudry inv.   L. Le Grand sculp.

LE CORBEAU. LA GAZELLE. LA TORTUE. ET LE RAT. à M^{de} de la Sablière. Fable CCXXVIII. 2e Pl.

J.B. Oudry inv.   Chenu sculp.

LE CORBEAU, LA GAZELLE, LA TORTUE ET LE RAT. *M.* *De la Sablier.* Fab. CCXXVII.S.H.

J.B. Oudry inv.   B.R   Chedel sculp.

J'euffe en fes yeux fait briller de fon ame
Tous les tréfors, quoiqu'imparfaitement :
Car ce cœur vif & tendre infiniment,
Pour fes amis, & non point autrement ;
Car cet efprit qui, né du firmament
A beauté d'homme avec graces de femme,
Ne fe peut pas, comme on veut, exprimer.
O vous, Iris, qui fçavez tout charmer,
Qui fçavez plaire en un dégré fuprême,
Vous, que l'on aime à l'égal de foi-même,
(Ceci foit dit fans nul foupçon d'amour,
Car c'eft un mot banni de votre cour,
Laiffons-le donc) agréez que ma mufe
Acheve un jour cette ébauche confufe.
J'en ai placé l'idée & le projet,
Pour plus de grace, au-devant d'un fujet
Où l'amitié donne de telles marques,
Et d'un tel prix, que leur fimple récit
Peut quelque temps amufer votre efprit.
Non que ceci fe paffe entre monarques :
Ce que chez vous nous voyons eftimer
N'eft pas un roi qui ne fçait point aimer,
C'eft un mortel qui fçait mettre fa vie
Pour fon ami. J'en vois peu de fi bons.
Quatre animaux, vivant de compagnie,
Vont aux humains en donner des leçons.

La Gazelle, le Rat, le Corbeau, la Tortue
Vivoient enfemble unis : douce fociété.
Le choix d'une demeure aux humains inconnue
   Affuroit leur félicité.
Mais quoi, l'homme découvre enfin toutes retraites.
  Soyez au milieu des déferts,
  Au fond des eaux, au haut des airs,
Vous n'éviterez point fes embûches fecrettes.

La Gazelle s'alloit ébattre innocemment,
    Quand un chien, maudit inftrument
    Du plaifir barbare des hommes,
Vint fur l'herbe éventer les traces de fes pas.
Elle fuit; & le Rat, à l'heure du repas,
Dit aux amis reftans: d'où vient que nous ne fommes
    Aujourd'hui que trois conviés?
La Gazelle déja nous a-t-elle oubliés?
    A ces paroles la Tortue
    S'écrie, & dit: ah! fi j'étois,
    Comme un Corbeau, d'aîles pourvûe,
    Tout de ce pas je m'en irois
    Apprendre au moins quelle contrée,
    Quel accident tient arrêtée
    Notre compagne au pied léger:
Car, à l'égard du cœur, il en faut mieux juger.
    Le Corbeau part à tire-d'aîle:
Il apperçoit de loin l'imprudente Gazelle,
    Prife au piége, & fe tourmentant.
Il retourne avertir les autres à l'inftant.
Car de lui demander quand, pourquoi, ni comment,
    Ce malheur eft tombé fur elle;
Et perdre en vains difcours cet utile moment,
    Comme eût fait un maître d'école,
    Il avoit trop de jugement.
    Le Corbeau donc vole & revole.
    Sur fon rapport les trois amis
    Tiennent confeil. Deux font d'avis
    De fe tranfporter fans remife
    Aux lieux où la Gazelle eft prife.
L'autre, dit le Corbeau, gardera le logis:
Avec fon marcher lent quand arriveroit-elle?
    Après la mort de la Gazelle.
Ces mots à peine dits, ils s'en vont fecourir
    Leur chere & fidelle compagne,

Pauvre Chevrette de montagne.
La Tortue y voulut courir;
La voilà comme eux en campagne,
Maudiſſant ſes pieds courts avec juſte raiſon,
Et la néceſſité de porter ſa maiſon.
Rongemaille (le Rat eut à bon droit ce nom)
Coupe les nœuds du lacs : on peut penſer la joie.
Le Chaſſeur vient, & dit : qui m'a ravi ma proie ?
Rongemaille, à ces mots, ſe retire en un trou,
Le Corbeau ſur un arbre, en un bois la Gazelle :
Et le Chaſſeur à demi fou
De n'en avoir nulle nouvelle,
Apperçoit la Tortue, & retient ſon courroux.
D'où vient, dit-il, que je m'effraie ?
Je veux qu'à mon ſouper celle-ci me défraie.
Il la mit dans ſon ſac. Elle eût payé pour tous,
Si le Corbeau n'en eût averti la Chevrette.
Celle-ci quittant ſa retraite,
Contrefait la boiteuſe & vient ſe préſenter.
L'homme de ſuivre, & de jetter
Tout ce qui lui peſoit; ſi bien que Rongemaille
Autour des nœuds du ſac tant opere & travaille
Qu'il délivre encor l'autre ſœur
Sur qui s'étoit fondé le ſoupé du Chaſſeur.

Pilpay conte qu'ainſi la choſe s'eſt paſſée.
Pour peu que je vouluſſe invoquer Apollon,
J'en ferois, pour vous plaire, un ouvrage auſſi long
Que l'Iliade ou l'Odiſſée.
Rongemaille feroit le principal Héros,
Quoiqu'à vrai dire ici chacun ſoit néceſſaire.
Porte-maiſon l'infante y tient de tels propos,
Que monſieur du Corbeau va faire
Office d'eſpion, & puis de meſſager.
La Gazelle a d'ailleurs l'adreſſe d'engager

Tome IV.   E e

Le Chaſſeur à donner du temps à Rongemaille.
    Ainſi, chacun en ſon endroit
    S'entremet, agit & travaille.
A qui donner le prix? au cœur, ſi l'on m'en croit.
Que n'oſe & que ne peut l'amitié violente!
Cet autre ſentiment que l'on appelle Amour,
Mérite moins d'honneur: cependant chaque jour
    Je le célebre, & je le chante.
Hélas! il n'en rend pas mon ame plus contente.
Vous protégez ſa ſœur, il ſuffit; & mes vers
Vont s'engager pour elle à des tons tous divers.
Mon maître étoit l'Amour, j'en vais ſervir un autre;
    Et porter par tout l'univers
    Sa gloire auſſi bien que la vôtre.

(Fable CCXXVIII.)

FABLE XVI.
LA FORÊT
ET
LE BUCHERON.

FABLE XVI.

LA FORÊT ET LE BUCHERON.

Un Bucheron venoit de rompre ou d'égarer
Le bois dont il avoit emmanché fa coignée.
Cette perte ne put fi-tôt fe réparer,
Que la Forêt n'en fût quelque temps épargnée.
    L'Homme enfin la prie humblement
    De lui laiffer tout doucement
    Emporter une unique branche
    Afin de faire un autre manche.
Il iroit employer ailleurs fon gagne-pain ;
Il laifferoit debout maint chêne & maint fapin,
Dont chacun refpectoit la vieilleffe & les charmes.
L'innocente Forêt lui fournit d'autres armes.
Elle en eut du regret. Il emmanche fon fer.
    Le Miferable ne s'en fert
    Qu'à dépouiller fa bienfaitrice
    De fes principaux ornemens.
    Elle gémit à tous momens,
    Son propre don fait fon fupplice.

Voilà le train du monde & de fes fectateurs :
On s'y fert du bienfait contre les bienfaiteurs.
Je fuis las d'en parler : mais que de doux ombrages
    Soient expofés à ces outrages,
    Qui ne fe plaindroit là-deffus !
Hélas ! j'ai beau crier, & me rendre incommode ;
    L'ingratitude & les abus
    N'en feront pas moins à la mode.

(*Fabe CCXXIX.*)

LA FORÊT ET LE BÛCHERON. Fable CCXXIX.

J.B. Oudry inv.   I. Lempereur sculp.

LE RENARD, LE LOUP ET LE CHEVAL. Fable CCXXX.

J.B. Oudry inv.

P. St. Maitre. sculp.

FABLE XVII.

LE RENARD, LE LOUP ET LE CHEVAL.

Un Renard jeune encor, quoique des plus madrés,
Vit le premier Cheval qu'il eût vû de sa vie.
Il dit à certain Loup, franc novice, accourez;
   Un animal paît dans nos prés,
Beau, grand, j'en ai la vûe encore toute ravie.
Est-il plus fort que nous? dit le Loup en riant:
  Fais-moi son portrait, je te prie.
Si j'étois quelque peintre, ou quelque étudiant,
Repartit le Renard, j'avancerois la joie
   Que vous aurez en le voyant.
Mais venez: que sçait-on? peut-être est-ce une proie
   Que la fortune nous envoie.
Ils vont; & le Cheval qu'à l'herbe on avoit mis,
Assez peu curieux de semblables amis,
Fut presque sur le point d'enfiler la venelle.
Seigneur, dit le Renard, vos humbles serviteurs
Apprendroient volontiers comment on vous appelle.
Le Cheval qui n'étoit dépourvû de cervelle,
Leur dit: lisez mon nom, vous le pouvez, Messieurs;
Mon Cordonnier l'a mis autour de ma semelle.
Le Renard s'excusa sur son peu de sçavoir.
Mes parens, reprit-il, ne m'ont point fait instruire.
Ils sont pauvres, & n'ont qu'un trou pour tout avoir.
Ceux du Loup, gros messieurs, l'ont fait apprendre à lire.
  Le Loup, par ce discours flatté,
  S'approcha; mais sa vanité
Lui coûta quatre dents. Le Cheval lui desserre
Un coup; & haut le pied. Voilà mon Loup par terre,
  Mal en point, sanglant & gâté.
Frere, dit le Renard, ceci nous justifie

Tome IV.   F f

Ce que m'ont dit des gens d'efprit :
Cet animal vous a fur la mâchoire écrit,
Que de tout inconnu le fage fe méfie.

(*Fable CCXXX.*)

FABLE XVIII.
LE RENARD
ET
LES POULETS D'INDE.

FABLE XVIII.

LE RENARD ET LES POULETS D'INDE.

Contre les affauts d'un Renard
Un arbre à des Dindons fervoit de citadelle.
Le perfide ayant fait tout le tour du rempart,
    Et vû chacun en fentinelle,
S'écria: quoi, ces gens fe moqueront de moi!
Eux feuls feront exemts de la commune loi!
Non, par tous les dieux, non. Il accomplit fon dire.
La lune alors luifant, fembloit contre le fire,
Vouloir favorifer la dindonniére gent.
Lui, qui n'étoit novice au métier d'affiégeant,
Eut recours à fon fac de rufes fcélérates,
Feignit vouloir gravir, fe guinda fur fes pattes,
Puis contrefit le mort, puis le reffufcité.
    Arlequin n'eût exécuté
    Tant de différens perfonnages.
Il élevoit fa quëue, il la faifoit briller,
    Et cent mille autres badinages,
Pendant quoi nul Dindon n'eût ofé fommeiller.
L'ennemi les laffoit en leur tenant là vûe
    Sur même objet toujours tendue.
Les pauvres gens étant à la longue éblouis,
Toujours il en tomboit quelqu'un: autant de pris:
Autant de mis à part: près de moitié fuccombe.
Le Compagnon les porte en fon garde-manger.

Le trop d'attention qu'on a pour le danger,
    Fait le plus fouvent qu'on y tombe.

(*Fable* CCXXXI.)

LE RENARD ET LES POULETS D'INDE. Fable CCXXXI.

J.B. Oudry inv.   P.F. Tardieu Sculp.

FABLE XIX.

LE SINGE.

FABLE XIX.

LE SINGE.

IL eſt un Singe dans Paris
A qui l'on avoit donné femme:
Singe en effet d'aucuns maris,
Il la battoit. La pauvre dame
En a tant foupiré qu'enfin elle n'eſt plus.
　　Leur fils ſe plaint d'étrange ſorte,
　　Il éclate en cris ſuperflus:
　　Le pere en rit: ſa femme eſt morte.
　　Il a déja d'autres amours
　　Que l'on croit qu'il battra toujours.
Il hante la taverne, & ſouvent il s'enyvre.

N'attendez rien de bon du peuple imitateur,
　　Qu'il ſoit Singe, ou qu'il faſſe un livre,
　　La pire eſpece c'eſt l'Auteur.

LE SINGE. Fable CCXXXII.

J.B. Oudry inv.   Chedel sculp.

LE PHILOSOPHE SCYTHE. Fable CCXXXIII.

FABLE XX.

LE PHILOSOPHE SCYTHE.

Un Philofophe auftère, & né dans la Scythie,
Se propofant de fuivre une plus douce vie,
Voyagea chez les Grecs, & vit en certains lieux
Un fage affez femblable au vieillard de Virgile,
Homme égalant les rois, homme approchant des dieux,
Et, comme ces derniers, fatisfait & tranquille.
Son bonheur confiftoit aux beautés d'un jardin.
Le Scythe l'y trouva, qui, la ferpe à la main,
De fes arbres à fruit retranchoit l'inutile,
Ébranchoit, émondoit, ôtoit ceci, cela,
  Corrigeant partout la nature,
Exceffive à payer fes foins avec ufure.
  Le Scythe alors lui demanda,
Pourquoi cette ruine : étoit-il d'homme fage
De mutiler ainfi ces pauvres habitans?
Quittez-moi votre ferpe, inftrument de dommage,
  Laiffez agir la faux du temps :
Ils iront affez-tôt border le noir rivage.
J'ôte le fuperflu, dit l'autre; & l'abattant,
  Le refte en profite d'autant.
Le Scythe retourné dans fa trifte demeure,
Prend la ferpe à fon tour, coupe & taille à toute heure :
Confeille à fes voifins, prefcrit à fes amis
  Un univerfel abattis.
Il ôte de chez lui les branches les plus belles,
Il tronque fon verger contre toute raifon,
  Sans obferver temps ni faifon,
  Lunes ni vieilles, ni nouvelles.
Tout languit & tout meurt. Ce Scythe exprime bien
  Un indifcret Stoïcien.

Celui-ci retranche de l'ame
Defirs & paffions, le bon & le mauvais,
Jufqu'aux plus innocens fouhaits.
Contre de telles gens, quant à moi je reclame.
Ils ôtent à nos cœurs le principal reffort.
Ils font ceffer de vivre avant que l'on foit mort.

(*Fable ccxxxiii.*)

L'ÉLÉPHANT ET LE SINGE DE JUPITER. Fable CCXXXIV.

FABLE XXI.

L'Éléphant et le Singe de Jupiter.

Autrefois l'Éléphant & le Rhinocéros,
En difpute du pas & des droits de l'empire,
Voulurent terminer la querelle en champ clos.
Le jour en étoit pris, quand quelqu'un vint leur dire
  Que le Singe de Jupiter,
Portant un caducée, avoit paru dans l'air.
Ce Singe avoit nom Gille, à ce que dit l'hiftoire.
  Auffi-tôt l'Éléphant de croire
  Qu'en qualité d'ambaffadeur
  Il venoit trouver fa grandeur.
  Tout fier de ce fujet de gloire,
Il attend maître Gille, & le trouve un peu lent
  A lui préfenter fa créance.
  Maître Gille enfin, en paffant,
  Va faluer fon excellence.
L'autre étoit préparé fur la légation;
  Mais pas un mot : l'attention
Qu'il croyoit que les dieux euffent à fa querelle,
N'agitoit pas encor chez eux cette nouvelle.
  Qu'importe à ceux du firmament
  Qu'on foit Mouche ou bien Éléphant ?
Il fe vit donc réduit à commencer lui-même.
Mon coufin Jupiter, dit-il, verra dans peu
Un affez beau combat de fon trône fuprême :
  Toute fa cour verra beau jeu.
Quel combat ? dit le Singe, avec un front févere.
L'Éléphant repartit : quoi, vous ne fçavez pas
Que le Rhinocéros me difpute le pas ?
Qu'Éléphantide a guerre avecque Rhinocere ?
Vous connoiffez ces lieux, ils ont quelque renom.
  Tome IV.   H h

Vraiment je fuis ravi d'en apprendre le nom,
Repartit maître Gille ; on ne s'entretient guere
De femblables fujets dans nos vaftes lambris.

L'Éléphant honteux & furpris,
Lui dit : & parmi nous, que venez-vous donc faire ?
Partager un brin d'herbe entre quelques fourmis.
Nous avons foin de tout : & quant à votre affaire,
On n'en dit rien encor dans le confeil des dieux.
Les petits & les grands font égaux à leurs yeux.

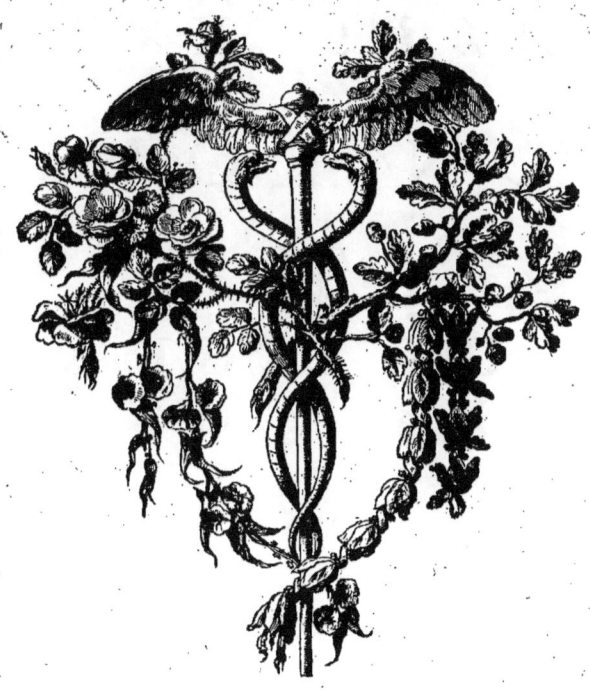

(*Fable CCXXXIV.*)

FABLE XXII.

UN FOU

ET

UN SAGE.

FABLE XXII.

Un Fou et un Sage.

Certain Fou pourſuivoit à coups de pierre un Sage.
Le Sage ſe retourne, & lui dit : mon ami,
C'eſt fort bien fait à toi, reçois cet écu-ci :
Tu fatigues aſſez pour gagner davantage.
Toute peine, dit-on, eſt digne de loyer.
Vois cet homme qui paſſe, il a de quoi payer ;
Adreſſe-lui tes dons, ils auront leur ſalaire.
Amorcé par le gain, notre Fou s'en va faire
       Même inſulte à l'autre bourgeois.
On ne le paya pas en argent cette fois.
Maint eſtafier accourt ; on vous happe notre homme,
       On vous l'échine, on vous l'aſſomme.

       Auprès des Rois il eſt de pareils Fous,
       A vos dépens ils font rire le maître.
       Pour réprimer leur babil, irez-vous
       Les maltraiter ? vous n'êtes pas peut-être
       Aſſez puiſſant. Il faut les engager
       A s'adreſſer à qui peut ſe venger.

(*Fable ccxxxv.*)

UN FOU ET UN SAGE. Fable CCXXXV.

J.B. Oudry inv.

Archives sculp.

FABLE XXIII.

LE RENARD

ANGLOIS.

FABLE XXIII.

LE RENARD ANGLOIS.

A MADAME HARVEY.

Le bon cœur eſt chez vous compagnon du bon ſens,
Avec cent qualités trop longues à déduire,
Une nobleſſe d'ame, un talent pour conduire
      Et les affaires & les gens,
Une humeur franche & libre, & le don d'être amie,
Malgré Jupiter même, & les temps orageux :
Tout cela méritoit un éloge pompeux :
Il en eût été moins, ſelon votre génie.
La pompe vous déplaît, l'éloge vous ennuie :
J'ai donc fait celui-ci court & ſimple. Je veux
      Y coudre encor un mot ou deux
      En faveur de votre patrie :
Vous l'aimez. Les Anglois penſent profondément,
Leur eſprit en cela ſuit leur tempérament.
Creuſant dans les ſujets, & forts d'expériences,
Ils étendent par-tout l'empire des ſciences.
Je ne dis point ceci pour vous faire ma cour.
Vos gens, à pénétrer, l'emportent ſur les autres :
      Même les chiens de leur ſéjour
      Ont meilleur nez que n'ont les nôtres.
Vos Renards ſont plus fins, je m'en vais le prouver
      Par un d'eux, qui, pour ſe ſauver,
      Mit en uſage un ſtratagême
Non encor pratiqué, des mieux imaginés.
Le ſcélérat réduit en un péril extrême,
Et preſque mis à bout par ces Chiens au bon nez,
     Paſſa près d'un patibulaire.
     Là, des animaux raviſſans,

LE RENARD ANGLOIS. Fable CCXXXVI.

Bléreaux, Renards, Hiboux, race encline à mal faire,
Pour l'exemple pendus, inſtruiſoient les paſſans.
Leur confrere, aux abois, entre ces morts s'arrange.
Je crois voir Annibal qui, preſſé des Romains,
Met leurs Chefs en défaut, ou leur donne le change,
Et ſçait en vieux Renard s'échapper de leurs mains.
  Les Clefs de meute parvenues
A l'endroit où pour mort le traître ſe pendit,
Remplirent l'air de cris : leur Maître les rompit,
Bien que de leurs abois ils perçaſſent les nues.
Il ne put ſoupçonner ce tour aſſez plaiſant.
Quelque terrier, dit-il, a ſauvé mon galant.
Mes Chiens n'appellent point au-delà des colonnes
  Où ſont tant d'honnêtes perſonnes.
Il y viendra, le drôle. Il y vint, à ſon dam.
  Voilà maint Baſſet clabaudant ;
Voilà notre Renard au charnier ſe guindant.
Maître pendu croyoit qu'il en iroit de même
Que le jour qu'il tendit de ſemblables panneaux :
Mais le pauvret, ce coup, y laiſſa ſes houſeaux ;
Tant il eſt vrai qu'il faut changer de ſtratagême.
Le Chaſſeur, pour trouver ſa propre ſûreté,
N'auroit pas cependant un tel tour inventé ;
Non point par peu d'eſprit : Eſt-il quelqu'un qui nie
Que tout Anglois n'en ait bonne proviſion ?
  Mais leur peu d'amour pour la vie
  Leur nuit en mainte occaſion.

  Je reviens à vous, non pour dire
  D'autres traits ſur votre ſujet ;
  Tout long éloge eſt un projet
  Peu favorable pour ma lyre :
  Peu de nos chants, peu de nos vers
Par un encens flatteur amuſent l'Univers ;
Et ſe font écouter des Nations étranges.

Votre Prince vous dit un jour,
Qu'il aimoit mieux un trait d'amour
Que quatre pages de louanges.
Agréez feulement le don que je vous fais
Des derniers efforts de ma Mufe:
C'eft peu de chofe: elle eft confufe
De ces ouvrages imparfaits.
Cependant ne pourriez-vous faire
Que le même hommage pût plaire
A celle qui remplit vos climats d'habitans
Tirés de l'Ifle de Cythere?
Vous voyez par-là que j'entens
Mazarin, des Amours Déeffe tutélaire.

(*Fable CCXXXVI.*)

LE SOLEIL ET LES GRENOUILLES. Fable CCXXXVII.

FABLE XXIV.

LE SOLEIL ET LES GRENOUILLES.

IMITATION D'UNE FABLE LATINE.

Les filles du Limon tiroient du Roi des aftres
    Affiftance & protection.
Guerre ni pauvreté, ni femblables défaftres
Ne pouvoient approcher de cette nation.
Elle faifoit valoir en cent lieux fon empire.
Les reines des étangs, Grenoüilles, veux-je dire,
    (Car que coûte-il d'appeller
    Les chofes par noms honorables ?)
Contre leur bienfaicteur oférent cabaler,
    Et devinrent infupportables.
L'imprudence, l'orgueil, & l'oubli des bienfaits,
    Enfans de la bonne fortune,
Firent bien-tôt crier cette troupe importune ;
    On ne pouvoit dormir en paix.
      Si l'on eût cru leur murmure,
      Elles auroient, par leurs cris,
      Soulevé grands & petits
      Contre l'œil de la nature.
Le Soleil, à leur dire, alloit tout confumer,
    Il falloit promptement s'armer
    Et lever des troupes puiffantes.
    Auffi-tôt qu'il faifoit un pas,
      Ambaffades croaffantes
      Alloient dans tous les états.
      A les oüir, tout le monde,
      Toute la machine ronde,
      Rouloit fur les intérêts
      De quatre méchans marais.

Tome IV.   K k

Cette plainte téméraire
Dure toujours, & pourtant
Grenoüilles doivent se taire,
Et ne murmurer pas tant;
Car si le Soleil se pique,
Il le leur fera sentir :
La République Aquatique
Pourroit bien s'en repentir.

(*Fable CCXXXVII.*)

FABLE XXV.
L'HYMENÉE
ET
L'AMOUR.

FABLE XXV.

L'HYMENÉE ET L'AMOUR.

*A LEURS ALTESSES SÉRÉNISSIMES MADEMOISELLE
DE BOURBON, ET MONSEIGNEUR LE PRINCE
DE CONTI.*

Hymenée & l'Amour vont conclure un Traité
Qui les doit rendre amis pendant longues années.
   BOURBON, jeune divinité,
CONTY, jeune héros, joignent leurs deftinées.
CONDÉ l'avoit, dit-on, en mourant fouhaité ;
Ce guerrier qui tranfmet à fon fils en partage
Son efprit, fon grand cœur, avec un héritage
Dont la grandeur, non plus, n'eft pas à méprifer,
Contemple avec plaifir de la voûte éthérée,
Que ce nœud s'accomplit, que le Prince l'agrée,
Que LOUIS aux Condé ne peut rien refufer.
Hymenée eft vêtu de fes plus beaux atours.
Tout rit autour de lui, tout éclate de joye.
Il defcend de l'Olympe environné d'Amours,
   Dont CONTY doit être la proye ;
   Vénus à BOURBON les envoye.
   Ils avoient l'air moins attrayant
   Le jour qu'elle fortit de l'onde,
   Et rendit furpris notre monde,
   De voir un peuple fi brillant.
   Le chœur des Mufes fe prépare,
   On attend de leurs nourriffons
   Ce qu'un talent exquis & rare
   Fait eftimer dans nos chanfons.
   Apollon y joindra fes fons,
   Lui-même il apporte fa lyre.

L'HYMENÉE ET L'AMOUR. Fable CCXXXVIII

Déja l'amante de zéphyre
Et la Déeffe du matin,
Des dons que le printems étale,
Commencent à parer la falle
Où fe doit faire le feftin.

O vous! pour qui les dieux ont des foins fi preffans,
    BOURBON, aux charmes tout-puiffans,
    Ainfi qu'à l'ame toute belle;
    CONTY, par qui font effacés
    Les héros des fiecles paffés;
Confervez l'un pour l'autre une ardeur mutuelle.
Vous poffédez tous deux ce qui plaît plus d'un jour,
Les graces & l'efprit, feuls foutiens de l'amour.
    Dans la carriere aux époux affignée,
    Prince & Princeffe, on trouve deux chemins;
    L'un de tiédeur, comme chez les humains;
    La paffion à l'autre fut donnée.

    N'en fortez point, c'eft un état bien doux,
    Mais peu durable en notre ame inquiéte.
    L'amour s'éteint par le bien qu'il fouhaite,
    L'amant alors fe comporte en époux.
    Ne fçauroit-on établir le contraire,
    Et renverfer cette maudite loi?
    Prince & Princeffe, entreprenez l'affaire,
    Nul n'ofera prendre exemple fur moi.
    De ce confeil faites expérience,
    Soyez amans fideles & conftans:
    S'il faut changer, donnez-vous patience,
    Et ne foyez époux qu'à foixante ans.
Vous ne changerez point, écoutez Calliope;
Elle a pour votre hymen dreffé cette horofcope.

    Pratiquer tous les agrémens

Qui des époux font des amans,
Employer fa grace ordinaire,
C'eſt ce que CONTY ſçaura faire.
Rendre CONTY le plus heureux
Qui ſoit dans l'empire amoureux,
Trouver cent moyens de lui plaire,
C'eſt ce que BOURBON ſçaura faire.

Apollon m'apprit l'autre jour
Qu'il naîtroit d'eux un jeune amour,
Plus beau que l'enfant de Cythere,
En un mot ſemblable à ſon Pere.
Former cet enfant ſur les traits
Des modeles les plus parfaits,
C'eſt ce que BOURBON ſçaura faire;
Mais de nous priver d'un tel bien,
C'eſt à quoi BOURBON n'entend rien.

(*Fable CCXXXVIII.*)

LA LIGUE DES RATS Fable CCXXXIX.

FABLE XXVI.

LA LIGUE DES RATS.

Une Souris craignoit un Chat,
    Qui dès long-tems la guettoit au passage.
Que faire en cet état ? Elle, prudente & sage,
Consulte son voisin ; c'étoit un maître Rat,
    Dont la rateuse Seigneurie
    S'étoit logée en bonne hôtellerie,
    Et qui cent fois s'étoit vanté, dit-on,
    De ne craindre ni chat ni chate,
    Ni coup de dent, ni coup de pate.
Dame Souris, lui dit ce fanfaron,
    Ma foi, quoi que je fasse,
Seul je ne puis chasser le chat qui vous menace :
    Mais assemblons tous les Rats d'alentour,
    Je lui pourrai jouer d'un mauvais tour.
    La Souris fait une humble révérence,
    Et le Rat court en diligence
A l'Office, qu'on nomme autrement la dépense,
    Où maints Rats assemblés
Faisoient aux frais de l'hôte une entiere bombance.
    Il arrive les sens troublés,
    Et tous les poumons essouflés.
Qu'avez-vous donc ? lui dit un de ces Rats ; parlez.
En deux mots, répond-il, ce qui fait mon voyage,
C'est qu'il faut promptement secourir la Souris ;
    Car Rominagrobis
    Fait en tous lieux un étrange carnage.
    Ce chat, le plus diable des chats,
S'il manque de Souris, voudra manger des Rats.
Chacun dit, il est vrai. Sus, sus, courons aux armes.
Quelques Rates, dit-on, répandirent des larmes :

N'importe, rien n'arrête un fi noble projet,
   Chacun fe met en équipage ;
Chacun mit dans fon fac un morceau de fromage ;
Chacun promet enfin de rifquer le paquet.
    Ils alloient tous comme à la fête,
    L'efprit content ; le cœur joyeux.
    Cependant le Chat plus fin qu'eux,
   Tenoit déja la Souris par la tête.
    Ils s'avancerent à grand pas
    Pour fecourir leur bonne amie :
    Mais le chat, qui n'en démord pas,
Gronde & marche au-devant de la troupe ennemie.
    A ce bruit, nos très-prudens Rats,
    Craignant mauvaife deftinée,
Font, fans pouffer plus loin leur prétendu fracas,
    Une retraite fortunée.
    Chaque Rat rentre dans fon trou :
Et fi quelqu'un en fort, gare encor le matou.

(*Fable* CCXXXIX.)

FABLE XXVII.

DAPHNIS

ET

ALCIMADURE.

FABLE XXVII.

DAPHNIS ET ALCIMADURE.

Imitation de Theocrite.

A MADAME DE LA MESANGERE.

Aimable fille d'une mere
A qui feule aujourd'hui mille cœurs font la cour,
Sans ceux que l'amitié rend foigneux de vous plaire,
Et quelques-uns encor que vous garde l'amour,
  Je ne puis qu'en cette préface
  Je ne partage entre elle & vous
Un peu de cet encens qu'on recueille au parnaffe,
Et que j'ai le fecret de rendre exquis & doux.
  Je vous dirai donc.... Mais tout dire,
  Ce feroit trop, il faut choifir,
  Ménageant ma voix & ma lyre,
Qui bientôt vont manquer de force & de loifir.
Je loûrai feulement un cœur plein de tendreffe,
Ces nobles fentimens, ces graces, cet efprit:
Vous n'auriez en cela ni maître, ni maîtreffe,
Sans celle dont fur vous l'éloge rejaillit.
  Gardez d'environner ces rofes
  De trop d'épines. Si jamais
  L'Amour vous dit les mêmes chofes,
*Il les dit mieux que je ne fais:
Auffi fçait-il punir ceux qui ferment l'oreille
  A fes confeils : vous l'allez voir.

  Jadis une jeune merveille
Méprifoit de ce Dieu le fouverain pouvoir:
  On l'appelloit Alcimadure,

DAPHNIS ET ALCIMADURE FABLE CXXI.

Fier & farouche objet, toujours courant aux bois,
Toujours fautant aux prés, danfant fur la verdure,
    Et ne connoiffant autres loix
Que fon caprice : au refte égalant les plus belles,
    Et furpaffant les plus cruelles,
N'ayant trait qui ne plût, pas même en fes rigueurs.
Quelle l'eût-on trouvée au fort de fes faveurs!
Le jeune & beau Daphnis, berger de noble race,
L'aima pour fon malheur : jamais la moindre grace,
Ni le moindre regard, le moindre mot enfin
Ne lui fut accordé par ce cœur inhumain.
Las de continuer une pourfuite vaine,
    Il ne fongea plus qu'à mourir :
    Le défefpoir le fit courir
    A la porte de l'inhumaine.
Hélas ! ce fut aux vents qu'il raconta fa peine ;
    On ne daigna lui faire ouvrir
Cette maifon fatale, où, parmi fes compagnes,
L'ingrate, pour le jour de fa nativité,
    Joignoit aux fleurs de fa beauté
Les tréfors des jardins & des vertes campagnes :
J'efpérois, cria-t-il, expirer à vos yeux,
    Mais je vous fuis trop odieux,
Et ne m'étonne pas qu'ainfi que tout le refte,
Vous me refufiez même un plaifir fi funefte.
Mon pere, après ma mort, & je l'en ai chargé,
    Doit mettre à vos pieds l'héritage
    Que votre cœur a négligé.
Je veux que l'on y joigne auffi le pâturage,
    Tous mes troupeaux avec mon chien ;
    Et que du refte de mon bien
    Mes compagnons fondent un temple,
    Où votre image fe contemple,
Renouvellant de fleurs l'autel à tout moment.
J'aurai, près de ce temple, un fimple monument :

On gravera fur la bordure ;
Daphnis mourut d'amour ; paſſant, arrête-toi :
Pleure, & di : celui-ci ſuccomba ſous la loi
De la cruelle Alcimadure.
A ces mots, par la parque il ſe ſentit atteint :
Il auroit pourſuivi, la douleur le prévint :
Son ingrate ſortit triomphante & parée.
On voulut, mais en vain, l'arrêter un moment,
Pour donner quelques pleurs au ſort de ſon amant.
Elle inſulta toujours au fils de cythérée,
Menant, dès ce ſoir même, au mépris de ſes loix,
Ses compagnes danſer autour de ſa ſtatue.
Le Dieu tomba ſur elle, & l'accabla du poids :
       Une voix ſortit de la nue,
Echo redit ces mots dans les airs épandus :
Que tout aime à préſent, l'Inſenſible n'eſt plus.
Cependant de Daphnis l'ombre au Styx deſcendue,
Frémit, & s'étonna la voyant accourir.
Tout l'érebe entendit cette belle homicide
S'excuſer au berger qui ne daigna l'oüir,
Non plus qu'Ajax Ulyſſe, & Didon ſon perfide.

(*Fable* CCXL.)

PHILEMON ET BAUCIS, A MGR. LE DUC DE VENDOSME. Fable CCXLI.

FABLE XXVIII.

PHILÉMON ET BAUCIS.

A MONSEIGNEUR LE DUC DE VENDOSME.

Ni l'or, ni la grandeur ne nous rendent heureux ;
Ces deux divinités n'accordent à nos vœux
Que des biens peu certains, qu'un plaisir peu tranquille,
Des soucis dévorans c'est l'éternel asyle.
Véritable vautour que le fils de Japet
Repréfente enchaîné fur fon trifte fommet.
L'humble toit eft exempt d'un tribut fi funefte ;
Le Sage y vit en paix, & méprife le refte.
Content de fes douceurs, errant parmi les bois,
Il regarde à fes pieds les favoris des rois ;
Il lit au front de ceux qu'un vain luxe environne,
Que la fortune vend ce qu'on croit qu'elle donne.
Approche-t-il du but, quitte-t-il ce féjour ;
Rien ne trouble fa fin, c'eft le foir d'un beau jour.
Philémon & Baucis nous en offrent l'exemple.
Tous deux virent changer leur cabane en un temple.
Hymenée & l'amour, par des defirs conftans,
Avoient uni leurs cœurs dès leur plus doux printemps :
Ni le temps, ni l'hymen n'éteignirent leur flamme ;
Cloton prenoit plaifir à filer cette trame.
Ils fçurent cultiver, fans fe voir affiftés,
Leur enclos & leur champ par deux fois vingt Étés.
Eux feuls ils compofoient toute leur république :
Heureux de ne devoir à pas un domeftique
Le plaifir ou le gré des foins qu'ils fe rendoient !
Tout vieillit : fur leur front les rides s'étendoient ;
L'amitié modéra leurs feux fans les détruire,
Et par des traits d'amour fçut encor fe produire.

Tome IV.   N n

Ils habitoient un bourg plein de gens, dont le cœur
Joignoit aux duretés un sentiment moqueur.
Jupiter réfolut d'abolir cette engeance.
Il part avec fon fils, le Dieu de l'Eloquence,
Tous deux en pélerins vont vifiter ces lieux;
Mille logis y font, un feul ne s'ouvre aux Dieux.
Prêts- enfin de quitter un féjour fi profane,
Ils virent à l'écart une étroite cabane,
Demeure hofpitaliere, humble & chafte maifon.
Mercure frappe, on ouvre : auffi-tôt Philémon
Vient au devant des Dieux, & leur tient ce langage:
Vous me femblez tous deux fatigués du voyage,
Repofez-vous : ufez du peu que nous avons :
L'aide des Dieux a fait que nous le confervons,
Ufez-en : faluez ces pénates d'argille.
Jamais le ciel ne fut aux humains fi facile,
Que quand Jupiter même étoit de fimple bois :
Depuis qu'on l'a fait d'or, il eft fourd à nos voix.
Baucis, ne tardez point, faites tiédir cette onde ;
Encor que le pouvoir au defir ne réponde,
Nos hôtes agréront les foins qui leur font dûs.
Quelques reftes de feu fous la cendre épandus,
D'un fouffle haletant par Baucis s'allumerent :
Des branches de bois fec auffi-tôt s'enflammerent.
L'onde tiéde, on lava les pieds des Voyageurs.
Philémon les pria d'excufer ces longueurs ;
Et pour tromper l'ennui d'une attente importune,
Il entretint les Dieux, non point fur la fortune,
Sur fes jeux, fur la pompe & la grandeur des rois,
Mais fur ce que les champs, les vergers & les bois
Ont de plus innocent, de plus doux, de plus rare :
Cependant, par Baucis, le feftin fe prépare.
La table où l'on fervit le champêtre repas,
Fut d'ais non-façonnés à l'aide du compas :
Encore affure-t-on, fi l'Hiftoire en eft crue,

Qu'en un de fes fupports le temps l'avoit rompüe.
Baucis en égala les appuis chancelans
Du débris d'un vieux vafe, autre injure des ans.
Un tapis tout ufé couvrit deux efcabelles :
Il ne fervoit pourtant qu'aux fêtes folemnelles.
Le linge orné de fleurs fut couvert, pour tout mets,
D'un peu de lait, de fruits, & des dons de Cérès.
Les divins voyageurs altérés de leur courfe,
Mêloient au vin groffier le cryftal d'une fource,
Plus le vafe verfoit, moins il s'alloit vuidant.
Philémon reconnut ce miracle évident :
Baucis n'en fit pas moins : tous deux s'agenouillerent ;
A ce figne d'abord leurs yeux fe deffillerent.
Jupiter leur parut avec ces noirs fourcils
Qui font trembler les cieux fur leurs poles affis.
Grand Dieu, dit Philémon, excufez nôtre faute.
Quels humains auroient crû recevoir un tel hôte !
Ces mets, nous l'avouons, font peu délicieux,
Mais quand nous ferions rois, que donner à des Dieux ?
C'eft le cœur qui fait tout : que la terre & que l'onde
Apprêtent un repas pour les maîtres du monde,
Ils lui préféreront les feuls préfens du cœur.
Baucis fort à ces mots pour réparer l'erreur ;
Dans le verger couroit une perdrix privée,
Et par de tendres foins dès l'enfance élevée :
Elle en veut faire un mets, & la pourfuit en vain ;
La volatille échappe à fa tremblante main :
Entre les pieds des Dieux elle cherche un afyle :
Ce recours, à l'oifeau, ne fut pas inutile :
Jupiter intercéde. Et déja les vallons
Voyoient l'ombre en croiffant tomber du haut des monts.
Les Dieux fortent enfin, & font fortir leurs hôtes.
De ce Bourg, dit Jupin, je veux punir les fautes :
Suivez-nous : Toi, Mercure, appelle les vapeurs.
O gens durs ! vous n'ouvrez vos logis, ni vos cœurs.

Il dit ; & les Autans troublent déja la plaine.
Nos deux Epoux fuivoient, ne marchant qu'avec peine.
Un appui de rofeau foulageoit leurs vieux ans.
Moitié fecours des Dieux, moitié peur, fe hâtans,
Sur un mont affez proche enfin ils arriverent.
A leurs pieds auffi-tôt cent nuages creverent.
Des miniftres du Dieu les efcadrons flottans
Entraînerent fans choix animaux, habitans,
Arbres, maifons, vergers, toute cette demeure :
Sans veftige du bourg, tout difparut fur l'heure.
Les vieillards déploroient ces févères deftins.
Les animaux périr ! car encor les humains,
Tous avoient dû tomber fous les céleftes armes ;
Baucis en répandit en fecret quelques larmes.
Cependant l'humble toit devient temple, & fes murs
Changent leur frêle enduit en marbres les plus durs.
De pilaftres maffifs les cloifons revêtues,
En moins de deux inftans s'élevent jufqu'aux nues ;
Le chaume devient or, tout brille en ce pourpris :
Tous ces événemens font peints fur les lambris.
Loin, bien loin les tableaux de Zeuxis & d'Apelle,
Ceux-ci furent tracés d'une main immortelle.
Nos deux Epoux furpris, étonnés, confondus,
Se crurent, par miracle, en l'olympe rendus.
Vous comblez, dirent-ils, vos moindres créatures :
Aurions-nous bien le cœur & les mains affez pures,
Pour préfider ici fur les honneurs divins,
Et Prêtres, vous offrir les vœux des pélerins ?
Jupiter exauça leur priere innocente.
Hélas ! dit Philémon, fi votre main puiffante
Vouloit favorifer jufqu'au bout deux mortels,
Enfemble nous mourrions en fervant vos autels ;
Cloton feroit d'un coup ce double facrifice ;
D'autres mains nous rendroient un vain & trifte office :
Je ne pleurerois point celle-ci, ni fes yeux

Ne troubleroient non plus de leurs larmes ces lieux.
Jupiter, à ce vœu, fut encor favorable :
Mais oferai-je dire un fait prefque incroyable ?
Un jour qu'affis tous deux dans le facré parvis,
Ils contoient cette hiftoire aux pélerins ravis,
La troupe à l'entour d'eux debout prêtoit l'oreille.
Philémon leur difoit : ce lieu plein de merveille
N'a pas toujours fervi de temple aux Immortels.
Un bourg étoit autour, ennemi des autels,
Gens barbares, gens durs, habitacles d'impies :
Du célefte courroux tous furent les hofties ;
Il ne refta que nous d'un fi trifte débris :
Vous en verrez tantôt la fuite en nos lambris :
Jupiter l'y peignit. En contant ces annales,
Philémon regardoit Baucis par intervalles :
Elle devenoit arbre, & lui tendoit les bras ;
Il veut lui tendre auffi les fiens, & ne peut pas.
Il veut parler, l'écorce a fa langue preffée :
L'un & l'autre fe dit adieu de la penfée ;
Le corps n'eft tantôt plus que feuillage & que bois.
D'étonnement la troupe, ainfi qu'eux, perd la voix ;
Même inftant, même fort à leur fin les entraîne :
Baucis devient tilleul, Philémon devient chêne.
On les va voir encore, afin de mériter
Les douceurs qu'en hymen Amour leur fit goûter.
Ils courbent fous le poids des offrandes fans nombre.
Pour peu que des époux féjournent fous leur ombre,
Ils s'aiment jufqu'au bout, malgré l'effort des ans.
Ah ! fi... Mais autre part j'ai porté mes préfens.
Célébrons feulement cette métamorphofe.
De fideles témoins m'ayant conté la chofe,
Clio me confeilla de l'étendre en ces vers,
Qui pourront quelque jour l'apprendre à l'univers.
Quelque jour on verra chez les races futures,
Sous l'appui d'un grand nom paffer ces aventures.

Tome IV.   O o

Vendôme, confentez au los que j'en attens ;
Faites-moi triompher de l'envie & du temps.
Enchaînez ces Démons, que fur nous ils n'attentent,
Ennemis des Héros & de ceux qui les chantent.
Je voudrois pouvoir dire en un ftyle affez haut,
Qu'ayant mille vertus, vous n'avez nul défaut.
Toutes les célébrer feroit œuvre infinie :
L'entreprife demande un plus vafte génie ;
Car quel mérite enfin ne vous fait eftimer,
Sans parler de celui qui force à vous aimer ?
Vous joignez à ces dons l'amour des beaux ouvrages ;
Vous y joignez un goût plus fûr que nos fuffrages ;
Don du ciel, qui peut feul tenir lieu des préfens
Que nous font à regret le travail & les ans.
Peu de gens élevés, peu d'autres encor même,
Font voir par ces faveurs que Jupiter les 'aime.
Si quelque enfant des Dieux les pofféde, c'eft vous ;
Je l'ofe, dans ces vers, foutenir devant tous.
Clio, fur fon giron, à l'exemple d'Homere,
Vient de les retoucher, attentive à vous plaire :
On dit qu'elle & fes fœurs, par l'ordre d'Apollon,
Tranfportent dans Anet tout le facré vallon :
Je le crois. Puiffions-nous chanter fous les ombrages
Des arbres dont ce lieu va border fes rivages !
Puffent-ils, tout d'un coup, élever leurs fourcils,
Comme on vit autrefois Philémon & Baucis !

(*Fable* CCXLI.)

LES FILLES DE MINÉE. Fable CCXLII.

FABLE XXIX.

LES FILLES DE MINÉE.

Je chante dans mes vers les Filles de Minée,
Troupe aux arts de Pallas dès l'enfance adonnée,
Et de qui le travail fit entrer en courroux
Bacchus, à juste droit, de ses honneurs jaloux.
Tout Dieu veut aux humains se faire reconnoître.
On ne voit point les champs répondre aux soins du maître,
Si dans les jours sacrés, autour de ses guérets,
Il ne marche en triomphe en l'honneur de Cérès.

La Grece étoit en jeux pour le fils de Sémele.
Seules on vit trois sœurs condamner ce saint zéle.
Alcithoé l'aînée, ayant pris ses fuseaux,
Dit aux autres : quoi donc, toujours des Dieux nouveaux ?
L'olympe ne peut plus contenir tant de têtes,
Ni l'an fournir de jours assez pour tant de fêtes.
Je ne dis rien des vœux dûs aux travaux divers
De ce Dieu qui purgea de monstres l'univers :
Mais à quoi sert Bacchus, qu'à causer des querelles,
Affoiblir les plus sains, enlaidir les plus belles,
Souvent mener au Styx par de tristes chemins ?
Et nous irons chommer la peste des humains ?
Pour moi, j'ai résolu de poursuivre ma tâche.
Se donne ce jour-ci qui voudra du relâche,
Ces mains n'en prendront point. Je suis encor d'avis
Que nous rendions le temps moins long par des récits.
Toutes trois, tour à tour, racontons quelque histoire.
Je pourrois retrouver sans peine en ma mémoire
Du monarque des Dieux les divers changemens;
Mais comme chacun sçait tous ces événemens,
Disons ce que l'amour inspire à nos pareilles:

Non toutefois qu'il faille en contant fes merveilles,
Accoûtumer nos cœurs à goûter fon poifon,
Car, ainfi que Bacchus, il trouble la raifon.
Récitons-nous les maux que fes biens nous attirent.
Alcithoé fe tut, & fes fœurs applaudirent.

Après quelques momens, hauffant un peu la voix,
Dans Thebes, reprit-elle, on conte qu'autrefois
Deux jeunes cœurs s'aimoient d'une égale tendreffe:
Pyrame, c'eft l'Amant, eut Thifbé pour maîtreffe.
Jamais couple ne fut fi bien afforti qu'eux:
L'un bien fait, l'autre belle, agréables tous deux,
Tous deux dignes de plaire, ils s'aimerent fans peine,
D'autant pluftôt épris, qu'une invincible haine
Divifant leurs parens, ces deux amans unit,
Et concourut aux traits dont l'amour fe fervit.
Le hazard, non le choix, avoit rendu voifines
Leurs maifons où régnoient ces guerres inteftines:
Ce fut un avantage à leurs defirs naiffans.
Le cours en commença par des jeux innocens;
La premiere étincelle eut embrafé leur ame,
Qu'ils ignoroient encor ce que c'étoit que flamme.
Chacun favorifoit leurs tranfports mutuels,
Mais c'étoit à l'infçu de leurs parens cruels.
La défenfe eft un charme: on dit qu'elle affaifonne
Les plaifirs, & furtout ceux que l'amour nous donne.
D'un des logis à l'autre, elle inftruifit du moins
Nos amans à fe dire avec figne leurs foins.
Ce léger reconfort ne les put fatisfaire;
Il fallut recourir à quelque autre myftere.
Un vieux mur entr'ouvert féparoit leurs maifons,
Le temps avoit miné fes antiques cloifons:
Là, fouvent de leurs maux ils déploroient la caufe;
Les paroles paffoient, mais c'étoit peu de chofe.
Se plaignant d'un tel fort, Pyrame dit un jour:

Chere Thifbé, le ciel veut qu'on s'aide en amour.
Nous avons à nous voir une peine infinie :
Fuyons de nos parens l'injufte tyrannie :
J'en ai d'autres en Gréce, ils fe tiendront heureux
Que vous daigniez chercher un afyle chez eux :
Leur amitié, leurs biens, leur pouvoir, tout m'invite
A prendre le parti dont je vous follicite.
C'eft votre feul repos qui me le fait choifir,
Car je n'ofe parler, hélas ! de mon defir :
Faut-il à votre gloire en faire un facrifice ?
De crainte de vains bruits, faut-il que je languiffe ?
Ordonnez, j'y confens ; tout me femblera doux ;
Je vous aime, Thifbé, moins pour moi que pour vous.
J'en pourrois dire autant, lui repartit l'amante ;
Votre amour étant pure encor que véhémente,
Je vous fuivrai par-tout : notre commun repos
Me doit mettre au-deffus de tous les vains propos.
Tant que de ma vertu je ferai fatisfaite,
Je rirai des difcours d'une langue indifcrette,
Et m'abandonnerai fans crainte à votre ardeur,
Contente que je fuis des foins de ma pudeur.
Jugez ce que fentit Pyrame à ces paroles !
Je n'en fais point ici de peintures frivoles.
Suppléez au peu d'art que le ciel mit en moi :
Vous-même peignez-vous cet amant hors de foi.
Demain, dit-il, il faut fortir avant l'aurore ;
N'attendez point les traits que fon char fait éclore :
Trouvez-vous aux degrés du terme de Cérés :
Là, nous nous attendrons : le rivage eft tout près :
Une barque eft au bord, les rameurs, le vent même,
Tout, pour notre départ, montre une hâte extrême ;
L'augure en eft heureux, notre fort va changer ;
Et les Dieux font pour nous, fi je fçais bien juger.
Thifbé confent à tout : elle en donne pour gage
Deux baifers, par le mur, arrêtés au paffage.

Heureux mur ! tu devois fervir mieux leur défir ;
Ils n'obtinrent de toi qu'une ombre de plaifir.
Le lendemain Thifbé fort & prévient Pyrame ;
L'impatience, hélas ! maîtreffe de fon ame,
La fait arriver feule & fans guide aux degrés ;
L'ombre & le jour luttoient dans les champs azurés.
Une lionne vint, monftre imprimant la crainte,
D'un carnage récent fa gueule eft toute teinte.
Thifbé fuit ; & fon voile emporté par les airs,
Source d'un fort cruel, tombe dans ces déferts.
La lionne le voit, le foüille, le déchire ;
Et l'ayant teint de fang, aux forêts fe retire.
Thifbé s'étoit cachée en un buiffon épais.
Pyrame arrive, & voit ces veftiges tous frais.
O Dieux ! Que devient-il ? Un froid court dans fes veines,
Il apperçoit le voile étendu dans ces plaines :
Il le leve ; & le fang joint aux traces des pas,
L'empêche de douter d'un funefte trépas.
Thifbé, s'écria-t-il, Thifbé, je t'ai perdue !
Te voila, par ma faute, aux Enfers defcendue !
Je l'ai voulu ; c'eft moi, qui fuis le monftre affreux
Par qui tu t'en vas voir le féjour ténébreux :
Attends-moi, je te vais rejoindre aux rives fombres ;
Mais m'oferai-je à toi préfenter chez les ombres ?
Jouis au moins du fang que je te vais offrir,
Malheureux de n'avoir qu'une mort à fouffrir.
Il dit, & d'un poignard coupe auffi-tôt fa trame.
Thifbé vient ; Thifbé voit tomber fon cher Pyrame.
Que devient-elle auffi ? Tout lui manque à la fois,
Les fens & les efprits auffi bien que la voix.
Elle revient enfin ; Cloton, pour l'amour d'elle,
Laiffe à Pyrame ouvrir fa mourante prunelle.
Il ne regarde point la lumiere des cieux :
Sur Thifbé feulement il tourne encor les yeux.
Il voudroit lui parler, fa langue eft retenue :

Il témoigne mourir content de l'avoir vue.
Thisbé prend le poignard ; & découvrant son sein,
Je n'accuserai point, dit-elle, ton dessein,
Bien moins encor l'erreur de ton ame alarmée :
Ce seroit t'accuser de m'avoir trop aimée.
Je ne t'aime pas moins : tu vas voir que mon cœur
N'a, non plus que le tien, mérité son malheur.
Cher amant, reçois donc ce triste sacrifice.
Sa main & le poignard font alors leur office :
Elle tombe, & tombant range ses vêtemens,
Dernier trait de pudeur, même aux derniers momens.
Les Nymphes d'alentour lui donnerent des larmes ;
Et du sang des amans teignirent par des charmes
Le fruit d'un Murier proche, & blanc jusqu'à ce jour,
Eternel monument d'un si parfait amour.
Cette histoire attendrit les filles de Minée :
L'une accusoit l'amant, l'autre la destinée ;
Et toutes, d'une voix, conclurent que nos cœurs
De cette passion devroient être vainqueurs.
Elle meurt quelquefois avant qu'être contente :
L'est-elle ? Elle devient aussi-tôt languissante.
Sans l'hymen on n'en doit recueillir aucun fruit,
Et cependant l'hymen est ce qui la détruit.
Il y joint, dit Climene, une âpre jalousie,
Poison le plus cruel dont l'ame soit saisie.
Je n'en veux pour témoin que l'erreur de Procris.
Alcithoé ma sœur, attachant vos esprits,
Des tragiques amours vous a conté l'élite ;
Celles que je vais dire ont aussi leur mérite.
J'accourcirai le temps, ainsi qu'elle, à mon tour.
Peu s'en faut que Phœbus ne partage le jour ;
A ses rayons perçans opposons quelques voiles :
Voyons combien nos mains ont avancé nos toiles.
Je veux que sur la mienne, avant que d'être au soir,
Un progrès tout nouveau se fasse appercevoir :

Cependant donnez-moi quelque heure de filence,
Ne vous rebutez point de mon peu d'éloquence ;
Souffrez-en les défauts ; & fongez feulement
Au fruit qu'on peut tirer de cet événement.

Céphale aimoit Procris, il étoit aimé d'elle :
Chacun fe propofoit leur hymen pour modele :
Ce qu'amour fait fentir de piquant & de doux,
Combloit abondamment les vœux de ces époux :
Ils ne s'aimoient que trop : leurs foins & leur tendreffe
Approchoient des tranfports d'amant & de maîtreffe ;
Le ciel même envia cette félicité :
Céphale eut à combattre une Divinité.
Il étoit jeune & beau, l'Aurore en fut charmée,
N'étant pas à ces biens, chez elle, accoûtumée.
Nos belles cacheroient un pareil fentiment :
Chez les Divinités on en ufe autrement.
Celle-ci déclara fon amour à Céphale.
Il eut beau lui parler de la foi conjugale ;
Les jeunes Déïtés qui n'ont qu'un vieil époux,
Ne fe foumettent point à ces loix, comme nous.
La Déeffe enleva ce héros fi fidele :
De modérer fes feux il pria l'immortelle.
Elle le fit : l'amour devint fimple amitié :
Retournez, dit l'Aurore, avec votre moitié ;
Je ne troublerai plus votre ardeur ni la fienne :
Recevez feulement ces marques de la mienne.
(C'étoit un javelot toujours fûr de fes coups.)
Un jour cette Procris, qui ne vit que pour vous,
Fera le défefpoir de votre ame charmée,
Et vous aurez regret de l'avoir tant aimée.
Tout oracle eft douteux, & porte un double fens ;
Celui-ci mit d'abord notre époux en fufpens :
J'aurai regret aux vœux que j'ai formés pour elle ?
Et comment ? N'eft-ce point qu'elle m'eft infidelle ?

Ah ! finiffent mes jours pluftôt que de le voir !
Eprouvons toutefois ce que peut fon devoir.
Des Mages auffi-tôt confultant la fcience,
D'un feint adolefcent il prend la reffemblance,
S'en va trouver Procris, éleve jufqu'aux cieux
Ses beautés, qu'il foutient être dignes des dieux,
Joint les pleurs aux foupirs, comme un amant fçait faire,
Et ne peut s'éclaircir par cet art ordinaire.
Il fallut recourir à ce qui porte coup,
Aux préfens : il offrit, donna, promit beaucoup,
Promit tant que Procris lui parut incertaine.
Toute chofe a fon prix : voila Céphale en peine ;
Il renonce aux cités, s'en va dans les forêts,
Conte aux vents, conte aux bois fes déplaifirs fecrets ;
S'imagine, en chaffant, diffiper fon martyre ;
C'étoit pendant ces mois où le chaud qu'on refpire
Oblige d'implorer l'haleine des zéphirs.
Doux vents, s'écrioit-il, prêtez-moi des foupirs,
Venez, légers démons, par qui nos champs fleuriffent :
Aure, fais-les venir : je fçais qu'ils t'obéiffent ;
Ton emploi dans ces lieux eft de tout ranimer.
On l'entendit, on crut qu'il venoit de nommer
Quelque objet de fes vœux, autre que fon époufe.
Elle en eft avertie, & la voila jaloufe.
Maint voifin charitable entretient fes ennuis :
Je ne le puis plus voir, dit-elle, que les nuits.
Il aime donc cette Aure, & me quitte pour elle ?
Nous vous plaignons ; il l'aime, & fans ceffe il l'appelle ;
Les échos de ces lieux n'ont plus d'autres emplois
Que celui d'enfeigner le nom d'Aure à nos bois.
Dans tous les environs le nom d'Aure réfonne.
Profitez d'un avis qu'en paffant on vous donne.
L'intérêt qu'on y prend eft de vous obliger.
Elle en profite, hélas ! & ne fait qu'y fonger.
Les amans font toujours de légere croyance ;

S'ils pouvoient conferver un rayon de prudence,
(Je demande un grand point, la prudence en amours)
Ils feroient aux rapports infenfibles & fourds.
Notre époufe ne fut l'une ni l'autre chofe :
Elle fe léve un jour ; & lorfque tout repofe,
Que de l'aube au teint frais la charmante douceur
Force tout au fommeil, hormis quelque chaffeur,
Elle cherche Céphale : un bois l'offre à fa vûe.
Il invoquoit déja cette Aure prétendue.
Viens me voir, difoit-il, chere Déeffe, accours :
Je n'en puis plus, je meurs ; fais que par ton fecours
La peine que je fens fe trouve foulagée.
L'époufe fe prétend par ces mots outragée :
Elle croit y trouver, non le fens qu'ils cachoient,
Mais celui feulement que fes foupçons cherchoient.
O trifte jaloufie ! O paffion amere !
Fille d'un fol amour, que l'erreur a pour mere !
Ce qu'on voit par tes yeux caufe affez d'embarras,
Sans voir encor par eux ce que l'on ne voit pas.
Procris s'étoit cachée en la même retraite
Qu'un Fan de Biche avoit pour demeure fecrette :
Il en fort ; & le bruit trompe auffi-tôt l'époux.
Céphale prend le dard, toujours fûr de fes coups,
Le lance en cet endroit, & perce fa jaloufe :
Malheureux affaffin d'une fi chere époufe.
Un cri lui fait d'abord foupçonner quelque erreur ;
Il accourt, voit fa faute ; & tout plein de fureur,
Du même javelot il veut s'ôter la vie.
L'Aurore & les deftins arrêtent cette envie.
Cet office lui fut plus cruel qu'indulgent.
L'infortuné mari fans ceffe s'affligeant,
Eût accru par fes pleurs le nombre des fontaines,
Si la Déeffe enfin, pour terminer fes peines,
N'eût obtenu du fort que l'on tranchât fes jours :
Trifte fin d'un hymen bien divers en fon cours !

Fuyons ce nœud, mes sœurs, je ne puis trop le dire.
Jugez par le meilleur quel peut être le pire.
S'il ne nous eft permis d'aimer que fous fes loix,
N'aimons point. Ce deffein fut pris par toutes trois.
Toutes trois, pour chaffer de fi triftes penfées,
A revoir leur travail fe montrent empreffées.
Climene en un tiffu riche, pénible & grand,
Avoit prefque achevé le fameux différend
D'entre le Dieu des eaux & Pallas la fçavante.
On voyoit en lointain une ville naiffante.
L'honneur de la nommer entr'eux deux contefté,
Dépendoit du préfent de chaque déité.
Neptune fit le fien d'un fymbole de guerre.
Un coup de fon trident fit fortir de la terre
Un animal fougueux, un courfier plein d'ardeur.
Chacun de ce préfent admiroit la grandeur.
Minerve l'effaça, donnant à la contrée
L'olivier, qui de paix eft la marque affurée:
Elle emporta le prix, & nomma la cité.
Athene offrit fes vœux à cette déité.
Pour les lui préfenter on choifit cent pucelles,
Toutes fçachant broder, auffi fages que belles.
Les premieres portoient force préfens divers;
Tout le refte entouroit la déeffe aux yeux pers.
Avec un doux fouris elle acceptoit l'hommage.
Climene ayant enfin reployé fon ouvrage,
La jeune Iris commence en ces mots fon récit.

Rarement pour les pleurs mon talent réuffit,
Je fuivrai toutefois la matiere impofée.
Télamon pour Cloris avoit l'ame embrafée:
Cloris pour Télamon brûloit de fon côté.
La naiffance, l'efprit, les graces, la beauté,
Tout fe trouvoit en eux, hormis ce que les hommes
Font marcher avant tout dans le fiécle où nous fommes.

Ce font les biens, c'eft l'or, mérite univerfel.
Ces Amans, quoiqu'épris d'un défir mutuel,
N'ofoient au blond hymen facrifier encore,
Faute de ce métal que tout le monde adore.
Amour s'en pafferoit, l'autre état ne le peut:
Soit raifon, foit abus, le fort ainfi le veut.
Cette loi qui corrompt les douceurs de la vie,
Fut par le jeune amant d'un autre erreur fuivie.
Le démon des combats vint troubler l'univers.
Un pays contefté par des peuples divers,
Engagea Télamon dans un dur exercice.
Il quitta pour un temps l'amoureufe milice.
Cloris y confentit, mais non pas fans douleur.
Il voulut mériter fon eftime & fon cœur.
Pendant que fes exploits terminent la querelle,
Un parent de Cloris meurt ; & laiffe à la belle
D'amples poffeffions & d'immenfes tréfors:
Il habitoit les lieux où Mars régnoit alors.
La belle s'y tranfporte, & par-tout révérée,
Par-tout des deux partis Cloris confidérée,
Voit de fes propres yeux les champs où Télamon
Venoit de confacrer un trophée à fon nom.
Lui, de fa part accourt ; & tout couvert de gloire
Il offre à fes amours les fruits de fa victoire.
Leur rencontre fe fit non loin de l'élément
Qui doit être évité de tout heureux amant.
Dès ce jour l'âge d'or les eût joints fans myftere:
L'âge de fer en tout a coûtume d'en faire.
Cloris ne voulut donc couronner tous ces biens,
Qu'au fein de fa patrie, & de l'aveu des fiens.
Tout chemin, hors la mer, allongeant leur fouffrance,
Ils commettent aux flots cette douce efpérance.
Zéphyre les fuivoit, quand, prefque en arrivant,
Un pirate furvient, prend le deffus du vent,
Les attaque, les bat. En vain, par fa vaillance,

Télamon jufqu'au bout porte fa réfiftance :
Après un long combat fon parti fut défait,
Lui pris ; & fes efforts n'eurent pour tout effet
Qu'un efclavage indigne. O Dieux, qui l'eût pû croire !
Le fort, fans refpecter ni fon fang, ni fa gloire,
Ni fon bonheur prochain, ni les vœux de Cloris,
Le fit être forçat auffi-tôt qu'il fut pris.
Le deftin ne fut pas à Cloris fi contraire ;
Un célèbre marchand l'achete du corfaire :
Il l'emméne ; & bien-tôt la belle, malgré foi,
Au milieu de fes fers, range tout fous fa loi.
L'époufe du marchand la voit avec tendreffe :
Ils en font leur compagne, & leur fils fa maîtreffe.
Chacun veut cet hymen : Cloris à leurs défirs
Répondoit feulement par de profonds foupirs.
Damon, c'étoit ce fils, lui tient ce doux langage :
Vous foupirez toujours, toujours votre vifage
Baigné de pleurs, nous marque un déplaifir fecret.
Qu'avez-vous ? Vos beaux yeux verroient-ils à regret
Ce que peuvent leurs traits, & l'excès de ma flamme ?
Rien ne vous force ici, découvrez-nous votre ame ;
Cloris, c'eft moi, qui fuis l'efclave, & non pas vous,
Ces lieux, à votre gré, n'ont-ils rien d'affez doux ?
Parlez, nous fommes prêts à changer de demeure,
Mes parens m'ont promis de partir tout à l'heure.
Regrettez-vous les biens que vous avez perdus ?
Tout le nôtre eft à vous, ne le dédaignez plus.
J'en fçais qui l'agréroient ; j'ai fçû plaire à plus d'une :
Pour vous, vous méritez toute une autre fortune :
Quelle que foit la nôtre, ufez-en ; vous voyez
Ce que nous poffédons & nous-même à vos pieds.
Ainfi parle Damon, & Cloris toute en larmes,
Lui répond en ces mots accompagnés de charmes :
Vos moindres qualités, & cet heureux féjour
Même aux filles des dieux donneroient de l'amour :

Tome IV.   R r

Jugez donc fi Cloris, efclave & malheureufe,
Voit l'offre de ces biens d'une ame dédaigneufe.
Je fçais quel eft leur prix : mais de les accepter,
Je ne puis ; & voudrois vous pouvoir écouter.
Ce qui me le défend, ce n'eft point l'efclavage :
Si toujours la naiffance éleva mon courage,
Je me vois, grace aux Dieux, en des mains où je puis
Garder ces fentimens malgré tous mes ennuis.
Je puis même avouer (hélas ! faut-il le dire ?)
Qu'un autre a, fur mon cœur, confervé fon empire.
Je chéris un Amant, ou mort ou dans les fers ;
Je prétends le chérir encor dans les Enfers.
Pourriez-vous eftimer le cœur d'une inconftante ?
Je ne fuis déja plus aimable, ni charmante,
Cloris n'a plus ces traits que l'on trouvoit fi doux,
Et, doublement efclave, eft indigne de vous.
Touché de ce difcours, Damon prend congé d'elle ;
Fuyons, dit-il en foi, j'oublîrai cette Belle :
Tout paffe, & même un jour fes larmes pafferont :
Voyons ce que l'abfence & le temps produiront.
A ces mots il s'embarque, & quittant le rivage,
Il court de mer en mer, aborde en lieu fauvage ;
Trouve des malheureux de leurs fers échappés,
Et fur le bord d'un bois à chaffer occupés.
Télamon, de ce nombre, avoit brifé fa chaîne :
Aux regards de Damon il fe préfente à peine,
Que fon air, fa fierté, fon efprit, tout enfin
Fait qu'à l'abord Damon admire fon deftin :
Puis le plaint, puis l'emméne, & puis lui dit fa flamme.
D'une efclave, dit-il, je n'ai pu toucher l'âme :
Elle chérit un mort ! un mort, ce qui n'eft plus
L'emporte dans fon cœur ! mes vœux font fuperflus.
Là-deffus, de Cloris il lui fait la peinture.
Télamon dans fon ame admire l'aventure,
Diffimule, & fe laiffe emmener au féjour

Où Cloris lui conferve un fi parfait amour.
Comme il vouloit cacher avec foin fa fortune,
Nulle peine pour lui n'étoit vile & commune.
On apprend leur retour, & leur débarquement;
Cloris fe préfentant à l'un & l'autre Amant,
Reconnoît Télamon fous un faix qui l'accable;
Ses chagrins le rendoient pourtant méconnoiffable:
Un œil indifférent à le voir eût erré,
Tant la peine & l'amour l'avoient défiguré.
Le fardeau qu'il portoit ne fut qu'un vain obftacle;
Cloris le reconnoît, & tombe à ce fpectacle:
Elle perd tous fes fens & de honte & d'amour.
Télamon, d'autre part, tombe prefque à fon tour.
On demande à Cloris la caufe de fa peine,
Elle la dit; ce fut fans s'attirer de haine:
Son récit ingénu redoubla la pitié
Dans des cœurs prévenus d'une jufte amitié.
Damon dit que fon zéle avoit changé de face.
On le crut. Cependant, quoi qu'on dife & qu'on faffe,
D'un triomphe fi doux l'honneur & le plaifir
Ne fe perd qu'en laiffant des reftes de defir.
On crut pourtant Damon. Il reftraignit fon zele
A fceller de l'hymen une union fi belle;
Et, par un fentiment à qui rien n'eft égal,
Il pria fes parens de doter fon rival.
Il l'obtint, renonçant dès-lors à l'hyménée.
Le foir étant venu de l'heureufe journée,
Les noces fe faifoient à l'ombre d'un ormeau:
L'enfant d'un voifin vit s'y percher un Corbeau:
Il fait partir de l'arc une fleche maudite,
Perce les deux époux d'une atteinte fubite.
Cloris mourut du coup, non fans que fon amant
Attirât fes regards en ce dernier moment.
Il s'écrie en voyant finir fes deftinées:
Quoi! la Parque a tranché le cours de fes années?

Dieux, qui l'avez voulu, ne suffisoit-il pas
Que la haine du sort avançât mon trépas?
En achevant ces mots il acheva de vivre;
Son amour, non le coup, l'obligea de la suivre:
Blessé légerement il passa chez les morts;
Le Styx vit nos époux accourir sur ses bords;
Même accident finit leurs précieuses trames:
Même tombe eut leurs corps, même séjour leurs ames.
Quelques-uns ont écrit (mais ce fait est peu sûr)
Que chacun d'eux devint Statue & marbre dur.
Le couple infortuné face à face repose,
Je ne garantis point cette métamorphose:
On en doute. On le croit plus que vous ne pensez,
Dit Climene; & cherchant dans les siécles passés
Quelque exemple d'amour & de vertu parfaite,
Tout ceci me fut dit par le sage interpréte.
J'admirai, je plaignis ces amans malheureux;
On les alloit unir: tout concouroit pour eux;
Ils touchoient au moment; l'attente en étoit sûre;
Hélas! il n'en est point de telle en la nature;
Sur le point de joüir tout s'enfuit de nos mains;
Les dieux se font un jeu de l'espoir des humains.
Laissons, reprit Iris, cette triste pensée.
La fête est vers sa fin, grace au ciel, avancée;
Et nous avons passé tout ce temps en récits,
Capables d'affliger les moins sombres esprits!
Effaçons, s'il se peut, leur image funeste:
Je prétends de ce jour mieux employer le reste;
Et dire un changement, non de corps, mais de cœur:
Le miracle en est grand; amour en fut l'auteur:
Il en fait tous les jours de diverse maniere.
Je changerai de style en changeant de matiere.

Zoon plaisoit aux yeux, mais ce n'est pas assés,
      Son peu d'esprit, son humeur sombre,

Rendoient ces talens mal placés :
Il fuyoit les cités, il ne cherchoit que l'ombre,
Vivoit parmi les bois, concitoyen des Ours,
Et paſſoit ſans aimer les plus beaux de ſes jours.
Nous avons condamné l'amour, m'allez-vous dire ;
J'en blâme en nous l'excès ; mais je n'approuve pas
    Qu'inſenſible aux plus doux appas,
    Jamais un homme ne ſoupire.
Hé quoi, ce long repos eſt-il d'un ſi grand prix ?
Les morts ſont donc heureux : ce n'eſt pas mon avis.
Je veux des paſſions ; & ſi l'état le pire
    Eſt le néant, je ne ſçais point
De néant plus complet qu'un cœur froid à ce point.
Zoon n'aimant donc rien, ne s'aimant pas lui-même,
Vit Iole endormie, & le voila frappé :
    Voilà ſon cœur développé.
    Amour, par ſon ſçavoir ſuprême,
Ne l'eut pas fait amant, qu'il en fit un Héros.
Zoon rend grace au Dieu qui troubloit ſon repos :
Il regarde en tremblant cette jeune merveille.
    A la fin Iole s'éveille :
    Surpriſe & dans l'étonnement,
    Elle veut fuir, mais ſon amant
    L'arrête, & lui tient ce langage :
Rare & charmant objet, pourquoi me fuyez-vous ?
Je ne ſuis plus celui qu'on trouvoit ſi ſauvage :
C'eſt l'effet de vos traits, auſſi puiſſans que doux :
Ils m'ont l'ame & l'eſprit, & la raiſon donnée.
    Souffrez que, vivant ſous vos loix,
J'emploie à vous ſervir des biens que je vous dois.
Iole, à ce diſcours encor plus étonnée,
Rougit, & ſans répondre, elle court au hameau,
Et raconte à chacun ce miracle nouveau.
Ses compagnes d'abord s'aſſemblent autour d'elle :
Zoon ſuit en triomphe, & chacun applaudit.
   Tome IV.   S s

Je ne vous dirai point, mes fœurs, tout ce qu'il fit;
　　　Ni fes foins pour plaire à la Belle.
Leur hymen fe conclut : un Satrape voifin,
　　　Le propre jour de cette fête,
　　　Enleve à Zoon fa conquête.
On ne foupçonnoit point qu'il eût un tel deffein.
Zoon accourt au bruit, recouvre ce cher gage,
Pourfuit le raviffeur, & le joint, & l'engage
　　　En un combat de main à main.
Iole en eft le prix, auffi-bien que le juge.
Le Satrape vaincu trouve encor du refuge
　　　En la bonté de fon rival.
Hélas ! cette bonté lui devint inutile :
Il mourut du regret de cet hymen fatal.
Aux plus infortunés la tombe fert d'afyle.
Il prit pour héritiere, en finiffant fes jours,
Iole, qui mouilla de pleurs fon maufolée.
Que fert-il d'être plaint quand l'ame eft envolée?
Ce Satrape eût mieux fait d'oublier fes amours.

La jeune Iris à peine achevoit cette hiftoire;
Et fes fœurs avouoient qu'un chemin à la gloire
C'eft l'amour : on fait tout pour fe voir eftimé :
Eft-il quelque chemin plus court pour être aimé?
Quel charme de s'oüir louer par une bouche
Qui même, fans s'ouvrir, nous enchante & nous touche!
Ainfi difoient ces fœurs. Un orage foudain
Jette un fecret remords dans leur profane fein.
Bacchus entre, & fa cour, confus & long cortége :
Où font, dit-il, ces fœurs à la main facrilége?
Que Pallas les défende, & vienne en leur faveur
Oppofer fon Égide à ma jufte fureur :
Rien ne m'empêchera de punir leur offenfe :
Voyez; & qu'on fe rie après de ma puiffance.
Il n'eut pas dit, qu'on vit trois monftres au plancher,

Aîlés, noirs & velus, en un coin s'attacher.
On cherche les trois fœurs : on n'en voit nulle trace :
Leurs métiers font brifés : on éleve à leur place
Une chapelle au Dieu, pere du vrai nectar.
Pallas a beau fe plaindre, elle a beau prendre part
Au deftin de ces fœurs par elle protégées.
Quand quelque Dieu voyant fes bontés négligées,
Nous fait fentir fon ire, un autre n'y peut rien :
L'Olympe s'entretient en paix par ce moyen.

Profitons, s'il fe peut, d'un fi fameux exemple.
Chommons : c'eft faire affez qu'aller de temple en temple
Rendre à chaque Immortel les vœux qui lui font dûs :
Les jours donnés aux Dieux ne font jamais perdus.

FABLE XXIX.

LES FILLES

DE MINÉE.

(Fable CCXLII. *)*

LA MATRONE D'EPHESE. Fable CCXLIII.

J.B. Oudry inv.   Marvie sculp.

FABLE XXX.

LA MATRONE D'EPHESE.

S'il eſt un conte uſé, commun & rebattu,
C'eſt celui qu'en ces vers j'accommode à ma guiſe.
Et pourquoi donc le choiſis-tu?
Qui t'engage à cette entrepriſe?
N'a-t-elle point déja produit aſſez d'écrits?
Quelle grace aura ta Matrone,
Au prix de celle de Pétrone?
Comment la rendras-tu nouvelle à nos eſprits?
Sans répondre aux cenſeurs, car c'eſt choſe infinie,
Voyons ſi dans mes vers je l'aurai rajeunie.

Dans Epheſe il fut autrefois
Une Dame en ſageſſe & vertus ſans égale;
Et, ſelon la commune voix,
Ayant ſçû raffiner ſur l'amour conjugale.
Il n'étoit bruit que d'elle & de ſa chaſteté:
On l'alloit voir par rareté:
C'étoit l'honneur du ſexe: heureuſe ſa patrie!
Chaque mere à ſa bru l'alléguoit pour patron:
Chaque époux la prônoit à ſa femme chérie:
D'elle deſcendent ceux de la Prudoterie,
Antique & célebre maiſon.
Son mari l'aimoit d'amour folle,
Il mourut. De dire comment,
Ce feroit un détail frivole:
Il mourut; & ſon teſtament
N'étoit plein que de legs qui l'auroient conſolée,
Si les biens réparoient la perte d'un mari
Amoureux autant que chéri.
Mainte veuve pourtant fait la déchevelée,

Tome IV. 　　　　　　　　　　　　T t

Qui n'abandonne pas le foin du demeurant,
Et du bien qu'elle aura, fait le compte en pleurant.
Celle-ci, par fes cris, mettoit tout en alarme;
　　　Celle-ci faifoit un vacarme,
Un bruit, & des regrets à percer tous les cœurs,
　　　Bien qu'on fçache qu'en ces malheurs,
De quelque défefpoir qu'une ame foit atteinte,
La douleur eft toujours moins forte que la plainte;
Toujours un peu de fafte entre parmi les pleurs.
Chacun fit fon devoir de dire à l'affligée,
Que tout a fa mefure, & que de tels regrets
　　　Pourroient pécher par leur excès:
Chacun rendit par-là fa douleur rengrégée.
Enfin ne voulant plus joüir de la clarté
　　　Que fon époux avoit perdue,
Elle entre dans fa tombe, en ferme volonté
D'accompagner cette ombre aux enfers defcendue.
Et voyez ce que peut l'exceffive amitié,
(Ce mouvement auffi va jufqu'à la folie)
Une efclave en ce lieu la fuivit par pitié,
　　　Prête à mourir de compagnie.
Prête, je m'entends bien, c'eft-à-dire, en un mot,
N'ayant examiné qu'à demi ce complot,
Et, jufques à l'effet, courageufe & hardie.
L'efclave avec la Dame avoit été nourrie.
Toutes deux s'entr'aimoient; & cette paffion
Etoit crûe avec l'âge au cœur des deux femelles:
Le monde entier à peine eût fourni deux modeles
　　　D'une telle inclination,
Comme l'efclave avoit plus de fens que la Dame,
Elle laiffa paffer les premiers mouvemens:
Puis tâcha, mais en vain, de remettre cette ame
Dans l'ordinaire train des communs fentimens.
Aux confolations la Veuve inacceffible,
S'appliquoit feulement à tout moyen poffible

De fuivre le défunt aux noirs & triftes lieux.
Le fer auroit été le plus court & le mieux:
Mais la dame vouloit paître encore fes yeux
  Du tréfor qu'enfermoit la biére,
  Froide dépouille, & pourtant chere.
  C'étoit là le feul aliment
  Qu'elle prit en ce monument.
  La faim donc fut celle des portes
  Qu'entre d'autres de tant de fortes,
Notre Veuve choifit pour fortir d'ici-bas.
Un jour fe paffe, & deux fans autre nourriture
Que fes profonds foupirs, que fes fréquens hélas,
  Qu'un inutile & long murmure
  Contre les dieux, le fort & la nature.
  Enfin fa douleur n'omit rien,
  Si la douleur doit s'exprimer fi bien.

Encore un autre mort faifoit fa réfidence
Non loin de ce tombeau, mais bien différemment,
  Car il n'avoit pour monument
  Que le deffous d'une potence.
Pour exemple aux voleurs on l'avoit là laiffé.
  Un foldat bien récompenfé
  Le gardoit avec vigilance.
  Il étoit dit par ordonnance
Que fi d'autres voleurs, un parent, un ami
L'enlevoient, le foldat nonchalant, endormi,
  Rempliroit auffi-tôt fa place.
  C'étoit trop de févérité:
  Mais la publique utilité
Défendoit que l'on fît au garde aucune grace.
Pendant la nuit il vit aux fentes du tombeau
Briller quelque clarté, fpectacle affez nouveau.
Curieux, il y court, entend de loin Dame
  Rempliffant l'air de fes clameurs.

Il entre, eſt étonné, demande à cette femme,
    Pourquoi ces cris, pourquoi ces pleurs,
    Pourquoi cette triſte muſique,
Pourquoi cette maiſon noire & mélancolique?
Occupée à ſes pleurs, à peine elle entendit
    Toutes ces demandes frivoles :
    Le mort pour elle y répondit.
    Cet objet, ſans autres paroles,
    Diſoit aſſez par quel malheur
La Dame s'enterroit ainſi toute vivante.
Nous avons fait ſerment, ajoûta la ſuivante,
De nous laiſſer mourir de faim & de douleur.
Encor que le ſoldat fût mauvais orateur,
Il leur fit concevoir ce que c'eſt que la vie.
La Dame cette fois eut de l'attention ;
    Et déja l'autre paſſion
    Se trouvoit un peu rallentie.
Le temps avoit agi. Si la foi du ſerment,
Pourſuivit le ſoldat, vous défend l'aliment,
    Voyez-moi manger ſeulement,
Vous n'en mourrez pas moins. Un tel tempérament
    Ne déplut pas aux deux femelles :
    Concluſion qu'il obtint d'elles
Une permiſſion d'apporter ſon ſoupé,
Ce qu'il fit ; & l'eſclave eut le cœur fort tenté
De renoncer dès-lors à la cruelle envie
    De tenir au mort compagnie.
Madame, ce dit-elle, un penſer m'eſt venu :
Qu'importe à votre époux que vous ceſſiez de vivre ?
Croyez-vous que lui-même il fût homme à vous ſuivre,
Si par votre trépas vous l'aviez prévenu ?
Non, Madame, il voudroit achever ſa carriére.
La nôtre ſera longue encor, ſi nous voulons.
Se faut-il, à vingt ans, enfermer dans la biére ?
Nous aurons tout loiſir d'habiter ces maiſons.

On ne meurt que trop tôt : qui nous preſſe ? Attendons :
Quant à moi je voudrois ne mourir que ridée.
Voulez-vous emporter vos appas chez les morts?
Que vous ſervira-t-il d'en être regardée?
   Tantôt, en voyant les tréſors
Dont le ciel prit plaiſir d'orner votre viſage,
   Je diſois : hélas ! c'eſt dommage,
Nous-mêmes nous allons enterrer tout cela.
A ce diſcours flatteur la Dame s'éveilla.
Le dieu qui fait aimer prit ſon temps, il tira
Deux traits de ſon carquois : de l'un il entama
Le ſoldat juſqu'au vif ; l'autre effleura la Dame :
Jeune & belle, elle avoit ſous ſes pleurs de l'éclat ;
   Et des gens de goût délicat
Auroient bien pû l'aimer, & même étant leur femme.
Le garde en fut épris : les pleurs & la pitié,
   Sorte d'amour ayant ſes charmes,
Tout y fit : une belle alors qu'elle eſt en larmes,
   En eſt plus belle de moitié.
Voila donc notre veuve écoutant la louange,
Poiſon, qui de l'amour eſt le premier degré :
   La voila qui trouve à ſon gré
Celui qui le lui donne : il fait tant qu'elle mange :
Il fait tant que de plaire : & ſe rend en effet
Plus digne d'être aimé que le mort le mieux fait :
   Il fait tant enfin qu'elle change ;
Et toujours par degrés, comme l'on peut penſer,
De l'un à l'autre il fait cette femme paſſer.
   Je ne le trouve pas étrange :
Elle écoute un amant, elle en fait un mari,
Le tout au nez du mort qu'elle avoit tant chéri.
Pendant cet hyménée, un voleur ſe hazarde
D'enlever le dépôt commis aux ſoins du garde :
Il en entend le bruit ; il y court à grands pas,
   Mais en vain : la choſe étoit faite.

Tome IV.   V u

Il revient au tombeau conter fon embarras,
    Ne fçachant où trouver retraite.
L'efclave alors lui dit, le voyant éperdu :
    L'on vous a pris votre pendu ?
Les loix ne vous feront, dites-vous, nulle grace ?
Si Madame y confent, j'y remedîrai bien.
    Mettons notre mort en la place,
    Les paffans n'y connoîtront rien.
La Dame y confentit. O volages fémelles !
La femme eft toujours femme : il en eft qui font belles :
    Il en eft qui ne le font pas.
    S'il en étoit d'affez fideles,
    Elles auroient affez d'appas.

Prudes, vous vous devez défier de vos forces :
Ne vous vantez de rien. Si votre intention
    Eft de réfifter aux amorces,
La nôtre eft bonne auffi : mais l'exécution.
Nous trompe également : témoin cette Matrone :
    Et, n'en déplaife au bon Pétrone,
Ce n'étoit pas un fait tellement merveilleux,
Qu'il en dût propofer l'exemple à nos neveux.
Cette Veuve n'eut tort qu'au bruit qu'on lui vit faire,
Qu'au deffein de mourir mal conçû, mal formé :
    Car de mettre au patibulaire,
    Le corps d'un mari tant aimé,
Ce n'étoit pas peut-être une fi grande affaire.
Cela lui fauvoit l'autre ; & tout confidéré,
Mieux vaut Goujat debout, qu'Empereur enterré.

(*Fable* CCXLIII.)

FABLE XXXI.

BELPHEGOR.

FABLE XXXI.

BELPHEGOR.

Nouvelle tirée de Machiavel.

Un jour Satan, monarque des enfers,
Faifoit paffer fes fujets en revue.
Là, confondus tous les états divers,
Princes & Rois, & la tourbe menue,
Jettoient maint pleur, pouffoient maint & maint cri,
Tant que Satan en étoit étourdi.
Il demandoit, en paffant, à chaque ame :
Qui t'a jettée en l'éternelle flamme ?
L'une difoit : hélas ! c'eft mon mari ;
L'autre auffi-tôt répondoit : c'eft ma femme.
Tant & tant fut ce difcours répété,
Qu'enfin Satan dit en plein confiftoire :
Si ces gens-ci difent la vérité,
Il eft aifé d'augmenter notre gloire.
Nous n'avons donc qu'à le vérifier.
Pour cet effet, il nous faut envoyer
Quelque démon plein d'art & de prudence ;
Qui, non content d'obferver avec foin
Tous les hymens dont il fera témoin,
Y joigne auffi fa propre expérience.
Le prince ayant propofé fa fentence,
Le noir fénat fuivit tout d'une voix.
De Belphegor auffi-tôt on fit choix.
Ce diable étoit tout yeux & tout oreilles,
Grand éplucheur, clair-voyant à merveilles ;
Capable enfin de pénétrer dans tout,
Et de pouffer l'examen jufqu'au bout.
Pour fubvenir aux frais de l'entreprife,

LA MATRONE D'EPHESE. Fable CCXLIII. 2.ᵉ Planche.

BELPHEGOR. Fable CCXLIV.

J.B. Oudry inv. Flipart sculp.

BELFEGOR. Fab.6 LCNLIV 2.^e Planche.

J.B. Oudry inv. B.R.   L. Lempereur sculp.

J.B. Oudry inv.

BELPHEGOR. Fable CCXLIV. 3.º Planche.

L. L. Empereur sculp.

J.B. Oudry inv.

B.L. Prevost sculp.

On lui donna mainte & mainte remife,
Toutes à vûe, & qu'en lieux différens
Il pût toucher par des correfpondans.
Quant au furplus, les fortunes humaines,
Les biens, les maux, les plaifirs & les peines,
Bref, ce qui fuit notre condition,
Fut une annexe à fa légation.
Il fe pouvoit tirer d'affliction,
Par fes bons tours & par fon induftrie;
Mais non mourir, ni revoir fa patrie,
Qu'il n'eût ici confumé certain temps:
Sa miffion devoit durer dix ans.
Le voilà donc qui traverfe & qui paffe
Ce que le ciel voulut mettre d'efpace
Entre ce monde & l'éternelle nuit:
Il n'en mit guére, un moment y conduit.
Notre démon s'établit à Florence,
Ville, pour lors, de luxe & de dépenfe;
Même il la crut propre pour le trafic.
Là, fous le nom du feigneur Roderic,
Il fe logea, meubla comme un riche homme,
Groffe maifon, grand train, nombre de gens,
Anticipant tous les jours fur la fomme
Qu'il ne devoit confumer qu'en dix ans.
On s'étonnoit d'une telle bombance.
Il tenoit table, avoit de tous côtés
Gens à fes frais, foit pour fes voluptés,
Soit pour le fafte & la magnificence.
L'un des plaifirs où plus il dépenfa,
Fut la louange. Apollon l'encenfa;
Car il eft maître en l'art de flatterie.
Diable n'eut onc tant d'honneurs en fa vie.
Son cœur devint le but de tous les traits
Qu'amour lançoit : il n'étoit point de belle
Qui n'employât ce qu'elle avoit d'attraits

Tome IV.   X x

Pour le gagner, tant fauvage fût-elle :
Car de trouver une feule rebelle,
Ce n'eft la mode à gens de qui la main
Par les préfens s'applanit tout chemin.
C'eft un reffort en tous deffeins utile.
Je l'ai jà dit, & le redis encor,
Je ne connois d'autre premier mobile
Dans l'univers, que l'argent & que l'or.
Notre envoyé cependant tenoit compte
De chaque hymen, en journaux différens ;
L'un, des époux fatisfaits & contens,
Si peu rempli, que le diable en eut honte.
L'autre journal incontinent fut plein.
A Belphegor il ne reftoit enfin
Que d'éprouver la chofe par lui-même.
Certaine fille à Florence étoit lors,
Belle & bien faite, & peu d'autres tréfors,
Noble d'ailleurs, mais d'un orgueil extrême ;
Et d'autant plus, que de quelque vertu
Un tel orgueil paroiffoit revêtu.
Pour Roderic on en fit la demande,
Le pere dit que madame Honefta,
C'étoit fon nom, avoit eu jufques-là
Forcè partis ; mais que parmi la bande
Il pourroit bien Roderic préférer,
Et demandoit temps pour délibérer.
On en convient. Le pourfuivant s'applique
A gagner celle où fes vœux s'adreffoient.
Fêtes & bals, férénades, mufique,
Cadeaux, feftins, bien fort apetiffoient,
Altéroient fort le fonds de l'ambaffade.
Il n'y plaint rien, en ufe en grand feigneur,
S'épuife en dons. L'autre fe perfuade
Qu'elle lui fait encor beaucoup d'honneur.
Conclufion, qu'après force priéres,

Et des façons de toutes les maniéres,
Il eut un oüi de madame Honefta.
Auparavant le notaire y paffa,
Dont Belphegor fe moquant en fon ame,
Hé quoi, dit-il, on acquiert une femme
Comme un château ! ces gens ont tout gâté.
Il eut raifon : ôtez d'entre les hommes
La fimple foi, le meilleur eft ôté.
Nous nous jettons, pauvres gens que nous fommes,
Dans les procès, en prenant le revers.
Les fi, les car, les contrats font la porte
Par où la noife entra dans l'univers :
N'efpérons pas que jamais elle en forte.
Solemnités & loix n'empêchent pas
Qu'avec l'hymen amour n'ait des débats :
C'eft le cœur feul qui peut rendre tranquille.
Le cœur fait tout, le refte eft inutile.
Qu'ainfi ne foit, voyons d'autres états.
Chez les amis tout s'excufe, tout paffe :
Chez les amans tout plaît, tout eft parfait :
Chez les époux tout ennuie & tout laffe.
Le devoir nuit, chacun eft ainfi fait.
Mais, dira-t-on, n'eft-il en nulles guifes
D'heureux ménage ? Après mûr examen,
J'appelle un bon, voire un parfait hymen,
Quand les conjoints fe fouffrent leurs fottifes.

Sur ce point-là c'eft affez raifonné.
Dès que chez lui le Diable eut amené
Son époufée, il jugea par lui-même
Ce qu'eft l'hymen avec un tel démon :
Toujours débats, toujours quelque fermon
Plein de fottife en un degré fuprême.
Le bruit fut tel, que madame Honefta
Plus d'une fois les voifins éveilla :

Plus d'une fois on courut à la noife.
Il lui falloit quelque fimple bourgeoife,
Ce difoit-elle : un petit trafiquant
Traiter ainfi les filles de mon rang!
Méritoit-il femme fi vertueufe?
Sur mon devoir je fuis trop fcrupuleufe :
J'en ai regret, & fi je faifois bien....
Il n'eft pas fûr qu'Honefta ne fît rien :
Ces prudes-là nous en font bien accroire.
Nos deux époux, à ce que dit l'hiftoire,
Sans difputer n'étoient pas un moment.
Souvent leur guerre avoit pour fondement
Le jeu, la jupe, ou quelque ameublement
D'été, d'hyver, d'entre-temps, bref un monde
D'inventions propres à tout gâter.
Le pauvre Diable eut lieu de regretter
De l'autre enfer la demeure profonde.
Pour comble enfin, Roderic époufa
La parenté de madame Honefta,
Ayant fans ceffe & le pere & la mere,
Et la grand'fœur avec le petit frere,
De fes deniers mariant la grand'fœur,
Et du petit payant le précepteur.
Je n'ai pas dit la principale caufe
De fa ruine, infaillible accident ;
Et j'oubliois qu'il eut un Intendant.
Un Intendant ? Qu'eft-ce que cette chofe?
Je définis cet être, un animal
Qui, comme on dit, fçait pêcher en eau trouble ;
Et, plus le bien de fon maître va mal,
Plus le fien croît, plus fon profit redouble,
Tant qu'aifément lui-même acheteroit
Ce qui de net au feigneur refteroit :
Dont par raifon bien & dûment déduite
On pourroit voir chaque chofe réduite

En fon état, s'il arrivoit qu'un jour
L'autre devînt l'Intendant à fon tour;
Car regagnant ce qu'il eut étant maître,
Ils reprendroient tous deux leur premier être.
Le feul recours du pauvre Roderic,
Son feul efpoir étoit certain trafic
Qu'il prétendoit devoir remplir fa bourfe,
Efpoir douteux, incertaine reffource.
Il étoit dit que tout feroit fatal
A notre époux, ainfi tout alla mal.
Ses agens, tels que la plûpart des nôtres,
En abufoient. Il perdit un vaiffeau,
Et vit aller le commerce à vau-l'eau:
Trompé des uns, mal fervi par les autres,
Il emprunta. Quand ce vint à payer,
Et qu'à fa porte il vit le créancier,
Force lui fut d'efquiver par la fuite,
Gagnant les champs, où de l'âpre pourfuite
Il fe fauva chez un certain fermier,
En certain coin remparé de fumier.
A Matheo, c'étoit le nom du Sire,
Sans tant tourner, il dit ce qu'il étoit;
Qu'un double mal chez lui le tourmentoit;
Ses créanciers, & fa femme encor pire:
Qu'il n'y fçavoit remede que d'entrer
Au corps des gens, & de s'y remparer,
D'y tenir bon : iroit-on là le prendre?
Dame Honefta viendroit-elle y prôner
Qu'elle a regret de fe bien gouverner?
Chofe ennuyeufe, & qu'il eft las d'entendre:
Que de ces corps trois fois il fortiroit,
Si-tôt que lui Matheo l'en priroit;
Trois fois fans plus, & ce, pour récompenfe
De l'avoir mis à couvert des Sergens.
Tout auffi-tôt l'Ambaffadeur commence

Tome IV.   Y y

Avec grand bruit d'entrer au corps des gens.
Ce que le fien, ouvrage fantaftique,
Devint alors, l'hiftoire n'en dit rien.
Son coup d'effai fut une fille unique
Où le galant fe trouvoit affez bien :
Mais Matheo, moyennant groffe fomme,
L'en fit fortir au premier mot qu'il dit.
C'étoit à Naple, il fe tranfporte à Rome ;
Saifit un corps : Matheo l'en bannit,
Le chaffe encore : autre fomme nouvelle.
Trois fois enfin, toujours d'un corps femelle,
Remarquez bien, notre Diable fortit.
Le Roi de Naple avoit lors une fille,
Honneur du fexe, efpoir de fa famille :
Maint jeune Prince étoit fon pourfuivant ;
Là, d'Honefta Belphegor fe fauvant,
On ne le put tirer de cet afyle.
Il n'étoit bruit, aux champs comme à la ville,
Que d'un manant qui chaffoit les efprits.
Cent mille écus d'abord lui font promis.
Bien affligé de manquer cette fomme,
(Car les trois fois l'empêchoient d'efpérer
Que Belphegor fe laiffât conjurer)
Il la refufe : il fe dit un pauvre homme,
Pauvre pêcheur, qui, fans fçavoir comment,
Sans dons du ciel, par hafard feulement,
De quelques corps a chaffé quelque diable,
Apparemment chétif & miférable,
Et ne connoît celui-ci nullement.
Il a beau dire : on le force, on l'amene,
On le menace, on lui dit que fous peine
D'être pendu, d'être mis haut & court
En un gibet, il faut que fa puiffance
Se manifefte avant la fin du jour.
Dès l'heure même on vous met en préfence

Notre Démon & fon conjurateur.
D'un tel combat le Prince eft fpectateur.
Chacun y court, n'eft fils de bonne mere,
Qui, pour le voir, ne quitte toute affaire.
D'un côté font le gibet & la hart,
Cent mille écus bien comptés d'autre part.
Matheo tremble, & lorgne la finance.
L'efprit malin voyant fa contenance,
Rioit fous cape, alléguoit les trois fois,
Dont Matheo fuoit dans fon harnois,
Preffoit, prioit, conjuroit avec larmes :
Le tout en vain. Plus il eft en alarmes,
Plus l'autre rit. Enfin le manant dit,
Que fur ce Diable il n'avoit nul crédit.
On vous le hape & mene à la potence.
Comme il alloit haranguer l'affiftance,
Néceffité lui fuggéra ce tour.
Il dit tout bas qu'on battît le tambour,
Ce qui fut fait : de quoi l'Efprit immonde
Un peu furpris, au manant demanda :
Pourquoi ce bruit ? Coquin, qu'entens-je là ?
L'autre répond : c'eft Madame Honefta
Qui vous réclame, & va par tout le monde
Cherchant l'époux que le ciel lui donna.
Incontinent le Diable décampa,
S'enfuit au fond des enfers, & conta
Tout le fucçès qu'avoit eu fon voyage.
Sire, dit-il, le nœud du mariage
Damne auffi dru qu'aucuns autres états.
Votre Grandeur voit tomber ici-bas,
Non par floccons, mais menu comme pluie,
Ceux que l'hymen fait de fa confrérie ;
J'ai par moi-même examiné le cas.
Non que de foi la chofe ne foit bonne :
Elle eut jadis un plus heureux deftin :

Mais comme tout fe corrompt à la fin,
Plus beau fleuron n'eft en votre couronne.
Satan le crut : il fut récompenfé,
Encor qu'il eût fon retour avancé.
Car qu'eût-il fait ? Ce n'étoit pas merveilles
Qu'ayant fans ceffe un diable à fes oreilles,
Toujours le même, & toujours fur un ton,
Il fût contraint d'enfiler la venelle :
Dans les enfers encore en change-t-on ;
L'autre peine eft, à mon fens, plus cruelle.
Je voudrois voir quelques gens y durer.
Elle eût à Job fait tourner la cervelle.

De tout ceci que prétens-je inférer ?
Premiérement je ne fçais pire chofe,
Que de changer fon logis en prifon.
En fecond lieu, fi par quelque raifon
Votre afcendant à l'hymen vous expofe,
N'époufez point d'Honefta, s'il fe peut :
N'a pas pourtant une Honefta qui veut.

(*Fable* CCXLIV.)

FABLE XXXII.

LE JUGE ARBITRE,

L'HOSPITALIER

ET

LE SOLITAIRE.

FABLE XXXII.

LE JUGE ARBITRE, L'HOSPITALIER, ET LE SOLITAIRE.

Trois Saints, également jaloux de leur falut,
Portés d'un même efprit, tendoient au même but.
Ils s'y prirent tous trois par des routes diverfes.
Tous chemins vont à Rome : ainfi nos concurrens
Crurent pouvoir choifir des fentiers différens.
L'un, touché des foucis, des longueurs, des traverfes
Qu'en apanage on voit aux procès attachés,
S'offrit de les juger fans récompenfe aucune,
Peu foigneux d'établir ici-bas fa fortune.
Depuis qu'il eft des loix, l'homme, pour fes péchés,
Se condamne à plaider la moitié de fa vie.
La moitié ? Les trois quarts, & bien fouvent le tout.
Le Conciliateur crut qu'il viendroit à bout
De guérir cette folle & déteftable envie.
Le fecond de nos Saints choifit les hôpitaux.
Je le loue ; & le foin de foulager les maux
Eft une charité que je préfere aux autres.
Les malades d'alors étant tels que les nôtres,
Donnoient de l'exercice au pauvre Hofpitalier ;
Chagrins, impatiens, & fe plaignant fans ceffe :
Il a pour tels & tels un foin particulier,
   Ce font fes amis : ils nous laiffe.
Ces plaintes n'étoient rien au prix de l'embarras
Où fe trouva réduit l'Appointeur de débats.
Aucun n'étoit content ; la fentence arbitrale
  A nul des deux ne convenoit :
   Jamais le Juge ne tenoit
  A leur gré la balance égale.
De femblables difcours rebutoient l'Appointeur.
Il court aux hôpitaux, va voir leur directeur.

LE JUGE ARBITRE, L'HOSPITALIER ET LE SOLITAIRE. Fable CCXLV.

Tous deux ne recueillant que plainte & que murmure,
Affligés, & contraints de quitter ces emplois,
Vont confier leur peine au filence des bois.
Là, fous d'âpres rochers, près d'une fource pure,
Lieu refpecté des vents, ignoré du foleil,
Ils trouvent l'autre Saint, lui demandent confeil.
Il faut, dit leur ami, le prendre de foi-même.
        Qui mieux que vous fçait vos befoins?
Apprendre à fe connoître eft le premier des foins
Qu'impofe à tous mortels la majefté fuprême.
Vous êtes-vous connus dans le monde habité?
L'on ne le peut qu'aux lieux pleins de tranquillité:
Chercher ailleurs ce bien, eft une erreur extrême.
        Troublez l'eau : vous y voyez-vous?
Agitez celle-ci. Comment nous verrions-nous?
        La vafe eft un épais nuage
Qu'aux effets du cryftal nous venons d'oppofer.
Mes Freres, dit le Saint, laiffez-la repofer;
        Vous verrez alors votre image.
Pour vous mieux contempler, demeurez au défert.
        Ainfi parla le Solitaire.
Il fut cru, l'on fuivit ce confeil falutaire.
Ce n'eft pas qu'un emploi ne doive être fouffert.
Puifqu'on plaide, & qu'on meurt, & qu'on devient malade,
Il faut des Médecins, il faut des Avocats.
Ces fecours, grace à dieu, ne nous manqueront pas,
Les honneurs & le gain, tout me le perfuade.
Cependant on s'oublie en ces communs befoins.
O vous! dont le Public emporte tous les foins,
        Magiftrats, Princes, & Miniftres,
Vous, que doivent troubler mille accidens finiftres,
Que le malheur abat, que le bonheur corrompt,
Vous ne vous voyez point, vous ne voyez perfonne.
Si quelque bon moment à ces penfers vous donne,
        Quelque flatteur vous interrompt.

Cette leçon sera la fin de ces ouvrages :
Puisse-t-elle être utile aux siécles à venir !
Je la présente aux Rois, je la propose aux Sages :
Par où sçaurois-je mieux finir ?

Fin du douzieme Livre & du quatrieme & dernier Volume.

(*Fable CCXLV.*)

EXPLICATION
DU FRONTISPICE,
Et de quelques Vignettes & Culs-de-lampe contenus dans cet Ouvrage.

Quelques connoiffeurs, féduits par la compofition & par l'exécution des gravures en bois qu'on voit dans cette édition, ont defiré une explication des Culs-de-Lampe & Vignettes qu'elle contient. C'eft pour les fatisfaire qu'on la donne, d'après M. Bachelier, de l'académie de peinture & fculpture, qui les a compofés. Cet examen intéreffant pour les curieux, qui defirent ne rien laiffer échapper dans les arts, peut être agréable en même tems à tous ceux qui, détournés par les eftampes dont cette édition abonde, n'auroient jetté fur cette partie qu'un coup-d'œil indifférent. On doit les prévenir que la difficulté de la gravure en bois n'a pas permis au compofiteur de choifir fes matériaux, & qu'il a été obligé, pour la facilité de l'exécution, de renfermer fes allégories dans le genre des fleurs où l'on fçait qu'il excelle. On fent que cette gêne demande quelque indulgence en faveur de fes explications, & que ce n'eft pas ici le cas d'exiger une rigoureufe précifion de rapports.

Outre l'explication du Frontifpice, qu'on a cru devoir y joindre, il eût été fans doute avantageux pour cette édition d'entrer dans le détail & la compofition de plufieurs planches, où le peintre (M. Oudry) s'évertuant & donnant effor à fon imagination, a tellement faifi l'intention de la Fontaine, qu'il femble quelquefois avoir ajouté à l'efprit des fables. Mais ces obfervations euffent engagé trop loin, & c'eft laiffer un plaifir au Public, que de lui en abandonner la recherche.

Frontifpice. Cette planche, placée dans le premier volume vis-à-vis le titre, repréfente une forêt dans laquelle eft le rendez-vous des animaux. Là, Éfope, tranfporté dans l'avenir, leur fait admirer la Fontaine dont le bufte eft placé fur un haut piédeftal. Il leur apprend que ce Poëte françois, maître dans l'art de l'apologue, doit un jour rajeunir leur langage pour donner aux hommes de nouvelles leçons. Les animaux s'empreffent donc à reconnoître leur nouvel interpréte & à lui rendre hommage. Les Singes, comme les plus adroits parmi les animaux, s'emploient à célébrer ce moment de triomphe. L'un, orne le bufte de guirlandes de fleurs ; l'autre, couronne

Tome IV. A a a

notre Poëte de lauriers, tandis qu'un troisieme est occupé à soutenir & relever le voile de la postérité représenté par une riche draperie qu'un Aigle enleve avec son bec & ses serres, pour mieux découvrir le Fabuliste françois. Les autres animaux attentifs à ce spectacle sont, le Chien, le Renard, le Lion, le Taureau, la Brebis, &c, désignans indirectement, avec les précédens acteurs de cette scene, les principaux caracteres de la morale & du style de notre Poëte. Toute cette planche est d'une composition allégorique & poétique qui annonce l'ouvrage, & le génie de celui qui en a composé les Desseins. C'est ce qu'ont remarqué les Journalistes de Trévoux dans l'explication qu'ils en ont donnée dans le second volume de Janvier 1759, page 239 & suivantes.

La grande Vignette du titre. Elle représente différens objets symboliques, qui se rapportent tous aux fables & au génie de la Fontaine. Le flambeau de la vérité, caractérisé par la vive clarté qu'il répand & par la gaze légere qui voltige au-devant, s'applique aux leçons voilées qui sont contenues dans les Fables. Ce flambeau déguisé en caducée, par les deux serpens & les deux aîles qui l'accompagnent, offre encore l'image de l'invention, de la prudence des leçons de notre Poëte, & de la vîtesse dont elles se glissent dans l'ame. Une corne d'abondance qui répand des fruits ; une ruche-à-miel couverte de fleurs, d'où s'échappe un essain d'abeilles, annoncent ensemble l'utilité, l'agrément & la fécondité. Le masque de l'apologue placé sur le devant & parmi ce grouppe de différens objets, désigne le genre de l'ouvrage. Le tout est suspendu sur des nuages, pour annoncer un présent céleste qui nous vient des Dieux.

La Vignette au-devant de l'Epître au Roi. C'est une représentation pittoresque des armes de ce Prince. L'écusson en est formé par un serpent qui se mord la queue, emblême adopté de l'immortalité. Il est entouré d'une guirlande, d'où sortent trois fleurs-de-lis naturelles qui viennent se placer d'elles-mêmes dans cet écusson. L'amour des peuples & la victoire y sont désignés par une branche de chêne & par une branche de laurier, attachées au bout des deux palmes en sautoir qui forment deux *L*, lettre initiale du nom de *Louis*. Le fond de cet écusson azur, est le ciel, d'où s'échappent les rayons du soleil, symbole de la devise du Roi.

Page 10, tome premier. La composition de ce Cul-de-lampe est dans le genre pastoral. On y voit une corbeille remplie de diverses fleurs : une houlette, ornée d'un ruban noué galamment vers le haut, y est attachée, & caractérise un tribut ou l'offrande d'un Berger.

Page 14, tome premier. Ce Cul-de-lampe est une riche corne d'abondance, d'où sortent des gerbes chargées d'épis, & des branches de vigne chargées de raifins. Ces fruits précieux reçoivent l'hommage des différentes fleurs qui s'y entremêlent & qu'ils embelliffent.

Page 34, *tome premier.* Un ferpent, fymbole de la prudence, caché fous des fleurs, forme ce Cul-de-lampe & l'image de la maniere infinuante avec laquelle les leçons de morale doivent être préfentées.

Page 44, *tome premier.* Un lis élevé, prêt à donner de nouvelles fleurs, fort de deux palmes, & fe trouve accompagné de deux branches, l'une d'olivier & l'autre de laurier. Ceci forme une efpece de faifceau ceint d'une banderole, chargé de fruits, de fleurs, & d'une guirlande de même qui en réunit toutes les parties. Le Peintre ayant en vue la Famille royale, a voulu exprimer par cette allufion pittorefque & agréable, l'affermiffement du fceptre entre les mains des Bourbons, la gloire & le bonheur du regne de Louis XV.

Page 26, *tome fecond.* Une branche de chêne avec une branche de rofier, chargées de fleurs & de fruits, fe trouvent unies & entrelacées dans un caducée qui forme ce Cul-de-lampe. Cette compofition allégorique fait allufion aux deux genres d'éloquence, l'un rempli de force & d'utilité, l'autre parfemé de fleurs & d'agrémens. C'eft l'*Utile Dulci* d'Horace.

Page 48, *tome fecond.* Les attributs poëtiques du tems fe trouvent ici réunis & fufpendus par des fleurs. Le fufeau de la Parque, la faux, les ci-feaux d'Attropos, un fablier aîlé, en caractérifent les différentes images.

Page 54, *tome fecond.* Par ce Cul-de-lampe, tout compofé de diverfes pieces, unies cependant de telle maniere qu'aucune ne peut en être féparée, fans détruire l'enfemble; M. Bachelier a voulu caractérifer les événemens & les divers accidens de la vie humaine, dont les nœuds différens forment une chaîne indivifible. Une branche de chêne & des palmes foutiennent & furmontent les différentes fleurs employées dans cette compofition.

Page 64, *tome fecond.* Le peintre a repréfenté ici une lyre à fept cordes, entrelacée de branches de lauriers & de chêne, qui forment & qui fou-tiennent une double guirlande de fleurs. L'on apperçoit qu'en ornant ainfi l'inftrument favori d'Apollon, il a voulu défigner la mélodie, l'invention & le triomphe de la poëfie.

L'on ne fait point mention des autres ornemens de même genre répan-dus dans cet ouvrage, où la compofition & le deffein, toujours affujettis aux places & à la grandeur des efpaces de chaque page, ont cependant vaincu la difficulté d'une maniere très-aifée & très-variée.

Toutes les *Eftampes* de cette *édition*, au tirage defquelles on a porté la plus grande attention, font imprimées fous les yeux de l'Editeur par P. THEVENARD, Imprimeur du Roi en taillé-douce; & par J. B. DUTERTRE fon fucceffeur, qui s'eft acquitté de la plus confidérable partie de cette impreffion.

APPROBATION.

J'AI examiné, par ordre de Monseigneur le Chancelier, cette nouvelle édition des *Fables de la Fontaine*, avec des figures gravées d'après les desseins de J. B. Oudry, & je crois que l'exécution répond parfaitement à tout ce que l'on devoit attendre du goût de l'Éditeur & des talens des Artistes dont il a emprunté les crayons & le burin, & que cet ouvrage fera également honneur aux lettres, aux arts & à la nation. A Paris, le 5 Août 1759. GIBERT.

PRIVILEGE DU ROI.

LOUIS, par la grace de Dieu, Roi de France & de Navarre, à nos amés & féaux Conseillers, les gens tenans notre cour de Parlement, Maîtres des Requêtes ordinaires de notre hôtel, Grand-Conseil, Prévôt de Paris, Baillifs, Sénéchaux, leurs Lieutenans Civils, & autres Justiciers qu'il appartiendra, SALUT. Notre cher & bien amé le sieur *Jean-Louis REGNARD DE MONTENAULT*, ayant entrepris de faire exécuter, en quatre volumes *in-folio*, une édition des *Fables de la Fontaine*, ornée de culs-de-lampe, fleurons & autres ornemens de l'invention du sieur Bachelier, Peintre de notre Académie de Peinture & Sculpture ; enrichie d'estampes gravées par les plus habiles maîtres, sur les desseins originaux de feu J. B. Oudry, Peintre & Professeur de la même Académie : *Etant informé des soins que le sieur de Montenault a pris, des recherches & des dépenses considérables qu'il a faites pour la perfection de cette édition*, à laquelle il a joint une nouvelle vie de la Fontaine, *nous avons résolu de lui donner des témoignages de notre satisfaction*, en lui accordant nos lettres de privilege sur ce nécessaires. A ces causes, nous avons permis & accordé, permettons & accordons par ces présentes audit sieur de Montenault, de faire imprimer, vendre & débiter dans tous les lieux de notre royaume, les estampes, gravures en cuivre & en bois de ladite édition des *Fables de la Fontaine*, conjointement ou séparément, & de les faire réduire en telle forme & grandeur qu'il lui plaira. Permettons audit sieur de faire imprimer ladite collection, en tout ou en partie, en un ou plusieurs volumes, en telle forme, marge, grandeur, & autant de fois que bon lui semblera, & de les faire vendre & débiter par tout notre royaume, pendant le tems de trente années entieres & consécutives, à compter de la date des présentes : pendant lequel tems nous faisons très-expresses inhibitions & défenses à tous Libraires, Imprimeurs, Graveurs en taille-douce & en bois, Dessinateurs, & autres personnes, de quelque qualité & condition qu'elles soient, d'imprimer, faire imprimer la susdite vie de la Fontaine, graver, faire graver, vendre, faire vendre, débiter, ni contrefaire en aucune maniere, les desseins, planches & différentes gravures de ladite édition, sous quelque cause, prétexte ou raison que ce soit ; & à tous Marchands étrangers, Libraires, Graveurs, ou autres, d'en apporter, ni distribuer par tout ce royaume d'autres impressions, gravures & épreuves contrefaites sur celles qu'aura fait faire ledit sieur de Montenault, ou ceux qui auront droit de lui, en vertu des présentes, & par écrit : à peine de confiscation des exemplaires, épreuves, planches en cuivre & en bois contrefaites, & de tous livres généralement où lesdites estampes, desseins, fleurons & culs-de-lampe, pourroient avoir été employés ; de trois mille livres d'amende contre chacun des contrevenans, dont un tiers à nous, un tiers à l'hôtel-Dieu de Paris, & l'autre tiers audit sieur Exposant, ou à celui qui auroit droit de lui, & de tous dépens, dommages & intérêts pour raison des présentes. A la charge que les présentes seront enregistrées tout au long sur le registre de la communauté des Imprimeurs-Libraires de Paris, dans trois mois de la date d'icelles ; que l'impression dudit ouvrage sera faite dans notre royaume, & non ailleurs ; que l'Impétrant se conformera en tout aux reglemens de la librairie, & notamment à celui du 10 avril 1725 ; qu'avant de l'exposer en vente, le manuscrit qui aura servi de copie pour l'impression de la vie de la Fontaine, sera remis dans le même état où l'approbation aura été donnée, ès mains de notre très-cher & féal Chevalier Chancelier de France, le sieur de Lamoignon ; & que dudit ouvrage il en sera remis deux exemplaires dans notre bibliotheque publique, un dans celle de notre château du Louvre, & un dans celle de notre très-cher & féal Chevalier Chancelier de France, le sieur de Lamoignon. Le tout à peine de nullité des présentes : du contenu desquelles vous mandons & enjoignons de faire jouir ledit sieur de Montenault, ou ses ayans cause, pleinement & paisiblement, cessant & faisant cesser tous troubles & empêchemens. Voulons que la copie desdites présentes, qui sera imprimée tout au long au commencement ou à la fin de ladite édition, ou desdites collections, soit tenue pour dûment signifiée, & qu'aux copies collationnées par l'un de nos amés & féaux Conseillers Secrétaires, foi soit ajoutée comme à l'original. Commandons au premier notre Huissier ou Sergent, de faire pour l'exécution d'icelles tous actes requis & nécessaires, sans demander autre permission ; & nonobstant clameur de haro, chartes normandes & lettres à ce contraires : car tel est notre plaisir. Donné à Versailles le cinquieme jour de juin, l'an de grace mil sept cens cinquante-neuf, & de notre regne le quarante-quatrieme. Par le Roi en son Conseil. LE BEGUE.

Registré sur le registre XIV de la chambre royale & syndicale des Libraires & Imprimeurs de Paris, n.° 338, fol. 472 ; conformément au Reglement de 1723, qui fait défenser, art. 41, à toutes personnes de quelques qualités & conditions qu'elles soient, autres que les Libraires & Imprimeurs, de vendre, débiter, faire afficher aucuns livres pour les vendre en leurs noms, soit qu'ils s'en disent les Auteurs, ou autrement, & à la charge de fournir à la susdite chambre neuf exemplaires prescrits par l'article 108 du même Reglement. A Paris, ce 4 juillet 1759. G. SAUGRAIN, Syndic.